BIBLIOTHÈQUE ILLUSTRÉE DES FAMILLES

A 2 FR. LE VOL. BROCHÉ

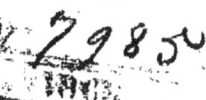

CONTES

ET

NOUVELLES

PAR

M. ÉDOUARD LABOULAYE

Membre de l'Institut

60 vignettes par M. Boilvin

PARIS

P. DUCROCQ, LIBRAIRE-ÉDITEUR

55, RUE DE SEINE, 55

1868

CONTES

ET

NOUVELLES 4061

10182 — IMPRIMERIE GÉNÉRALE DE CH. LAHURE
Rue de Fleurus, 9, à Paris

MA COUSINE MARIE. (P. 3.)

CONTES
ET
NOUVELLES

PAR

M. ÉDOUARD LABOULAYE

Membre de l'Institut

60 vignettes par M. Boilvin

PARIS

P. DUCROCQ, LIBRAIRE-ÉDITEUR

55, RUE DE SEINE, 55

—

1868

MA

COUSINE MARIE

MA

COUSINE MARIE.

I

Par une froide et humide matinée de no-
vembre une pauvre femme, misérablement
vêtue, était assise auprès du lit de son enfant malade. On était en 1848, l'année avait
été rude, la guerre civile avait ensanglanté
les rues de Paris; Georges, le mari de Madeleine (c'était le nom de la pauvre femme),
avait été tué derrière une barricade où il

défendait l'émeute en croyant défendre ses droits. Depuis cette mort fatale la misère et l'abandon étaient entrés dans une famille que soutenait jusque-là le travail de son chef; c'était à grand'peine que Madeleine avait pu louer une chambre au sixième étage, dans une maison de la rue du Helder. Elle était blanchisseuse en dentelles; pour garder ses pratiques il lui fallait habiter un quartier où tout était cher; elle s'était donc résignée à quitter le faubourg où on l'avait mariée, où elle avait perdu son cher Georges. En temps de révolution, par malheur, on ne fait guère de toilette; l'ouvrage était rare, déjà Madeleine était en arrière avec tous ses fournisseurs. Le boulanger avait annoncé qu'il arrêtait son crédit. Madeleine touchait au moment fatal qui perd les malheureux et fait d'une ouvrière honnête une mendiante, que dégraderont bientôt la faim et le désespoir.

Elle était là, les yeux rougis par les veilles
et les larmes, regardant sa fille rongée par
la fièvre, cherchant en vain dans sa pensée
comment elle trouverait pour le lendemain
du travail et du pain, quand une main har-
die tourna la clef de la porte et fit tressaillir
la mère et l'enfant.

La personne qui entrait était une femme
de chambre mise de la façon la plus élé-
gante. Une taille pincée, un petit bonnet
jeté en arrière de la tête, un tablier coquet-
tement festonné, tout annonçait une camériste de grande maison. Elle approcha d'un
air dégagé, et ouvrant sa main dans laquelle
il y avait une pièce d'or :

« Tenez, bonne femme, dit-elle à Madeleine, voilà ce que madame m'a chargée de
vous remettre.

— Qu'est-ce que cet argent? Qui me l'envoie? demanda la veuve de l'ouvrier en ouvrant des yeux étonnés.

— C'est madame, c'est la propriétaire, répondit la femme de chambre en tendant du bout des doigts la pièce d'or que Madeleine ne regarda même pas.

— Votre maîtresse ne me doit rien, que je sache; je n'ai pas travaillé pour elle.

— Sans doute, reprit la femme de chambre en haussant les épaules, sans doute; madame a ses ouvrières; mais Mme Remy, la concierge, Mme Remy a dit à madame que vous n'aviez pas payé votre terme et que vous aviez un enfant malade; et comme madame est très-charitable, quoiqu'elle ait beaucoup de pauvres, madame m'a dit : « Rose, montez auprès de cette bonne femme, qui loge au grenier, et portez-lui cette aumône. » Tenez, voilà l'argent, il faut que je descende. » Et Mlle Rose jeta la pièce d'or sur une chaise, le seul meuble à peu près qu'il y eût dans cette chambre désolée.

« Arrêtez, mademoiselle, dit Madeleine,

je ne suis pas une mendiante, je ne demande
l'aumône à personne. Mon terme, je le paye-
rai : il ne me faut pour cela qu'une semaine
de travail. Remportez cet argent, ajouta-
t-elle avec une certaine impatience, encore
une fois je n'en veux pas ; je ne tends pas la
main.

— Madame m'a dit de vous porter ces
vingt francs, reprit Rose d'un air dédai-
gneux, je n'ai d'ordres à recevoir que de ma
maîtresse; le reste ne me regarde pas. Il n'y
a que ceux qui payent qui ont le droit de
commander. »

Madeleine était à la porte avant la femme
de chambre.

« Reprenez cet or, cria-t-elle d'un ton im-
périeux; reprenez cet or, et sortez d'ici.
Croyez-vous que je recevrai un secours de
ces bourgeois qui m'ont tué mon mari?
Croyez-vous que je veuille rien de vos maîtres ni de vous? Allez-vous-en, ajouta-t-elle

d'une voix que faisait trembler la colère, et
ne rentrez jamais ici, ou ce n'est pas par la
porte que vous sortirez.

— C'est bien, je vais tout dire à madame;
on vous donnera votre congé, impertinente
qui refusez les bienfaits.... »

On n'entendit pas le reste de la phrase,
car Madeleine avait jeté la pièce d'or dans
le corridor, et poussé la porte avec une telle
violence que peu s'en fallut qu'elle n'écrasât
les doigts de Mlle Rose.

Madeleine se promenait à grands pas dans
la chambre, les yeux hagards, tantôt regardant sa fille, tantôt cherchant le ciel au travers des nuages et du brouillard. « O honte!
disait-elle, ô misère! Est-ce là que j'en de-
vais venir? » Elle prit son enfant dans ses
bras, l'embrassa convulsivement, et enfin se
mit à pleurer.

« Qu'as-tu, maman? disait la petite fille.
Pourquoi refuses-tu l'argent que t'envoie

cette bonne dame? Tu te plaignais hier de
n'avoir pas un peu de bouillon pour moi, tu
m'en aurais acheté!

— Tais-toi, tais-toi, Julie, reprit Madeleine; du bouillon, tu en auras; je suis plus
riche que tu ne crois. »

Elle ouvrit une malle jetée dans un coin
de la chambre, remua quelques restes de
vieux linge, et chercha comme si elle pouvait y trouver quelque chose. Mais depuis
longtemps tout était vendu, jusqu'à l'anneau
de mariage; il n'y avait plus rien que des
chiffons sans valeur.

Madeleine soupira, ferma le vieux coffre,
et, regardant autour d'elle, dans ces murs
abandonnés, elle prit l'unique matelas de
son lit, c'était sa dernière ressource; elle le
chargea sur sa tête et descendit rapidement
l'escalier pour courir au Mont-de-Piété.

« Ne pleure pas, disait-elle à l'enfant qui
s'effrayait de rester seule, ne pleure pas!

Dans un instant je reviens avec un beau morceau de bœuf, tu m'aideras à mettre le pot au feu; nous éplucherons ensemble les oignons et les carottes; attends-moi, dans un instant nous nous amuserons, et demain j'aurai du travail. Quand la besogne n'allait pas, ton père, le pauvre homme, disait : « Patience, patience! Dieu n'abandonne pas les honnêtes gens. »

On pense bien que Mlle Rose, si indigne-
ment traitée, n'avait pas gardé pour elle les
paroles de Madeleine; mais Mme de la Guerche était sortie; il n'y avait à la maison que
sa fille, Marie; c'est à elle que Rose, tout
émue, et agitant les bras, contait les injures
que lui avait dites cette méchante femme et
les dangers qui l'avaient menacée.

« Oui, mademoiselle, disait-elle, les larmes aux yeux, on m'a outragée, peu s'en

faut qu'on ne m'ait battue. Cela ne me fait rien, je suis au-dessus de ces misérables, mais c'est manquer à madame, et à vous aussi, mademoiselle. Du reste, Mme Remy le dit souvent : « Ces dames sont trop bonnes, aussi on leur manque de respect. Avec les pauvres il faut être roide, quand on leur donne, pour leur faire sentir qu'on les oblige : c'est comme ça que font toutes les dames comme il faut. »

— C'est bien ; que Mme Remy garde ses réflexions pour elle, et faites comme Mme Remy. Donnez-moi le paquet de flanelle et de linge que j'ai cousus cet hiver.

— Vous sortez de l'appartement, mademoiselle ?

— Oui, je monte chez cette pauvre femme ; c'est au sixième, la seconde porte à gauche, n'est-ce pas ?

— N'y allez pas, mademoiselle ! Il vous arriverait quelque malheur. Vous ne connaissez pas cette femme; elle a des yeux comme un tigre en furie. Au moins, mademoiselle, prenez quelqu'un avec vous; je vais appeler Baptiste.

— N'appelez personne, et restez; je n'ai pas besoin de vous. »

Et, au grand effroi de Rose, Marie monta au grenier, sans même se retourner pour regarder les gestes éplorés de sa femme de chambre.

Pendant que la jeune fille est en chemin, laissez-moi vous faire son portrait; car vous avez deviné que Mlle de la Guerche, c'est ma cousine Marie.

Elle n'est pas jolie, non, et cependant j'aime à la voir. Sa taille est lourde, sa démarche peu gracieuse, sa figure large et carrée; mais elle a de si beaux yeux, un regard si doux et si limpide, et quand elle rit de sa grande bouche et montre ses belles dents blanches, il y a tant de franchise et

de bonté dans ce sourire, qu'en vérité je ne
connais pas de femme que je préfère à ma
cousine. Elle est pieuse, et même dévote; il
ne se passe guère de jour qu'on ne la voie à
l'église; un sermon est pour elle une fête,
mais sa religion ne gêne personne; jamais
Marie ne se fait valoir; jamais elle ne con-
damne les autres; elle est toujours prête à
défendre les absents, à protéger ceux qu'on
attaque, à excuser ceux qui sont tombés; je
ne sais ce qu'elle entend par religion dans
le fond de l'âme, mais au dehors sa religion
n'est que douceur et bonté. Marie pense toujours aux autres et jamais à elle-même; elle
met son plaisir dans le bonheur d'autrui.
Une chrétienne comme ma cousine converti-
rait, par son exemple, le monde tout entier.
Voilà pourquoi, malgré son peu de beauté,
je n'ai jamais vu de femme plus belle que
ma cousine Marie.

III

En portant son unique matelas au Mont-
de-Piété, Madeleine n'avait oublié qu'une
chose, c'est que, pour sortir de la maison
sa dernière richesse, il lui fallait le consen-
tement de Mme Remy. La majestueuse portière avait arrêté Madeleine au passage;
gardienne jalouse des droits du propriétaire, elle avait signifié à la pauvre femme
qu'elle eût à remonter son matelas. En vain
Madeleine lui expliquait qu'il lui fallait

de l'argent pour que sa fille eût à manger.

« Tout cela sont des paroles, répétait l'austère concierge; vos meubles sont la garantie de votre loyer, je ne connais que ça. »

Sur quoi elle avait pris lentement une prise de tabac et fermé brusquement la porte cochère sans s'inquiéter des prières de Madeleine.

La situation était grave, car l'ouvrière était peu patiente; cependant elle sentait que Mme Remy avait quelque raison, et peut-être allait-elle se retirer quand arriva Mlle Rose. N'ayant rien à faire, elle venait conter à sa bonne amie, Mme Remy, la singulière idée qu'avait eue mademoiselle; elle entendait bien faire approuver sa profonde sagesse par la prudente concierge et s'apitoyer avec elle sur la folie des maîtres. A la vue de Madeleine, de son matelas, et de Mme Remy appuyée

contre la porte cochère, les bras croisés,
Rose demeura toute surprise.

« Que faites-vous donc là? » demanda-
t-elle à la portière.

Sur quoi Mme Remy, charmée de se voir

soutenue et admirée dans l'exercice de ses fonctions, raconta tout au long, et à haute voix, à la chère Rose les singulières prétentions de Madeleine.

« Il y a des gens, dit aigrement la femme de chambre, qui ont des idées particulières. On refuse un secours, et on demenage sans payer : c'est une fierté étrangement placée !

— Qu'est-ce que vous dites, demanda brusquement Madeleine, qui avait mal entendu, mais qui sentait que c'était d'elle qu'on s'occupait.

— Je ne vous parle pas, madame, reprit dédaigneusement Mlle Rose; je ne vous connais pas; je parle à Mme Remy.

— Vous ferez bien de peser vos mots, dit Madeleine dont la douceur n'était pas la vertu favorite; quand j'habitais au faubourg avec mon mari, j'ai corrigé plus d'une péronnelle qui avait la langue trog longue; ne me faites pas sortir de mon caractère.

— Madame Remy, vous l'entendez, cria
la camériste ; je vous prends à témoin :
cette femme me menace et m'insulte. Et dire
qu'on n'a d'égards que pour ces personnes !
En ce moment mademoiselle est là-haut
pour secourir des gens si peu dignes de
pitié !

— Chez moi, votre demoiselle ? Qu'y
vient-elle faire ? Ne vous ai-je pas dit que
je ne demande rien et que je ne veux pas
qu'on entre chez moi ?

— Mademoiselle est la fille du propriétaire, dit gravement Mme Remy ; elle a le
droit de surveiller ses locataires.

— Mademoiselle a voulu juger par elle-
même de votre politesse, reprit Rose en ri-
canant ; nous verrons si vous la mettrez à la
porte quand elle vous porte l'aumône que
vous ne méritez pas.

— C'est tout vu, cria Madeleine en laissant tomber son matelas qu'elle soutenait

contre le mur; c'est tout vu; personne n'a
le droit de s'introduire chez moi, et si votre
demoiselle vient m'espionner ou m'outrager,
riche ou non, propriétaire ou non, je lui
ferai danser une danse, comme elle n'en a
jamais vu. »

Sur quoi, Madeleine se précipita dans
l'escalier.

« Au secours! cria Rose; au secours! ar-
rêtez-la!

— Qu'est-ce donc? dit M. de la Guerche,
qui entrait en ce moment.

— Courez, monsieur, cria de plus belle
la femme de chambre qui essayait de se
trouver mal; courez, on assassine mademoiselle. C'est là-haut, au sixième étage, chez
la veuve de l'insurgé. »

Rose allait s'évanouir, quand elle s'aperçut qu'on l'avait laissée seule pour voler au
secours de Marie; Mme Remy elle-même
s'était courageusement enfoncée dans l'esca-

llier, un balai à la main. Rose réfléchit qu'un
évanouissement solitaire n'aurait point d'in-

térêt, et, la curiosité l'emportant sur le danger, elle se mit à courir comme les autres.

IV

Quoique Madeleine fût encore jeune et
que la colère la poussât, néanmoins on ne
monte pas cent vingt marches tout d'une
haleine et sans réfléchir. Au second étage,
Madeleine songea qu'elle avait été un peu
vive ; au quatrième, elle se dit que Mlle Rose
n'était qu'une sotte ; enfin, en arrivant en
haut de la maison, elle sentit qu'il fallait
repousser froidement une aumône qu'on lui
faisait par pitié, et que c'était le moment

d'avoir de la dignité. Elle rajusta le mouchoir qu'elle avait sur la tête, tira les deux
pointes de sa camisole, et, marchant à petits pas, sans pouvoir calmer l'agitation de
son cœur, elle ouvrit la porte en tremblant,
mais sans faire de bruit : ses lèvres étaient
serrées ; sa figure était pâle ; l'orage grondait
dans son âme. Tout à coup, elle s'arrêta,
comme si une main invisible l'eût clouée
sur le carreau.

Que voyait-elle ? Quel spectacle inconnu
l'avait ainsi pétrifiée ? En face d'elle, mais
lui tournant le dos, était ma cousine Marie ;
sur ses genoux elle tenait la petite fille,
qu'elle avait tirée de ses haillons pour la
vêtir d'une chemise blanche et d'un long
gilet de flanelle qui enveloppait la malade
jusqu'aux genoux. En ce moment, elle lui
ajustait sur la tête un béguin d'indienne, et
avec son mouchoir brodé elle essuyait la
sueur de la fièvre, qui coulait sur le front

de l'enfant. La pauvre petite fille, tout émue
et toute tremblante, passait ses bras autour

du cou de ma cousine, Marie embrassait
l'enfant avec la tendresse d'une mère.

« Maintenant, ma bonne Julie, lui dit-elle,
il faut te coucher. Attends-moi, je vais te

chercher de beaux draps blancs et une bas-
sinoire; je chaufferai ton lit, et cette vilaine
fièvre, nous la chasserons.

— Mademoiselle, ne me quittez pas, murmurait l'enfant en se serrant contre sa bien-
faitrice. Je suis si bien près de vous!

— Appelle-moi ta petite maman, disait
Marie, et obéis-moi comme à ta mère : dans
un instant, je reviens. »

Elle se retourna, et en se retournant elle
poussa un cri. Devant elle était Madeleine,
toujours immobile; de grosses larmes lui
tombaient des yeux; elle voulait parler, ses
lèvres s'agitaient sans prononcer un mot.
Sa colère soudain arrêtée et chassée par une
émotion contraire, c'était une secousse trop
forte pour l'ouvrière; elle ne revint à elle
qu'en sanglotant.

« Mademoiselle, s'écria-t-elle, laissez-moi
vous embrasser; et croyez que ce n'est pas
une ingrate que vous obligez!

— Embrassez-moi, ma bonne Madeleine,
dit ma cousine, avec son aimable sourire,
votre baiser me portera bonheur; mais faites
vite, nous ne pouvons pas laisser cet enfant
dans des draps qui sentent la fièvre. Je reviens dans un instant. »

Madeleine, trop émue pour marcher, la
suivit d'un long regard et se mit à fondre
en larmes :

« Voilà, s'écria-t-elle, un cœur d'or ! Celle-
ci nous aime et nous comprend, elle ne nous
humilie pas par sa pitié. »

V

Tandis que le calme rentrait au sixième étage, tout était agité dans la loge. M. de la Guerche, en homme de sens, avait compris que Marie ne courait aucun danger; il avait assez rudement remercié Mme Remy et Rose de leurs craintes et de leur empressement. Les deux femmes, entourées des domestiques de la maison et des voisines du quartier, ne savaient trop comment expliquer tout le bruit qu'elles avaient fait. Mme Remy, la

..

prudence même, congédiait tous les curieux
pour ne pas déplaire à monsieur. Mlle Rose
poussait de gros soupirs et murmurait, assez

haut pour qu'on l'entendît, que les maîtres
n'étaient que des ingrats.

Quand les deux femmes se trouvèrent enfin seules, Rose enfonça ses mains dans les
deux poches de son tablier :

« Eh bien ! madame Remy, s'écria-t-elle,

vous l'avais-je dit qu'il n'y a de bonheur et de
faveur que pour les gueux? Avez-vous entendu comme monsieur m'a traitée quand je
voulais secourir mademoiselle?

— Oui, il vous a dit : « Vous n'êtes qu'une
folle, allez-vous-en ! »

— C'est bon, c'est bon, madame Remy,
les mots ne sont rien, mais le regard, mais
le dédain ! Qu'est-ce que vous feriez à ma
place? Je ne puis plus rester dans la maison. On me méprise.

— Patience, ma belle enfant, dit Mme Remy;
dans la vie il y a des bons et des mauvais
jours; il faut jouir des uns et oublier les
autres. Que voulez-vous, les riches sont
comme tous les hommes, ils ont leurs fan-
taisies; il faut être indulgent avec eux. On
n'est pas domestique pour ne rien passer à
son maître. Il faut lui pardonner quelque
chose. Qui est-ce qui est parfait?

— Vous avez raison, madame Remy; mais

cependant monsieur devrait avoir plus de
respect pour moi devant le monde, et mademoiselle, en montant là-haut, aurait bien dû
sentir qu'après ce qui s'est passé elle me
compromettait.

— Sans doute, mademoiselle Rose, sans
doute; mais voyez-vous, la richesse gâte les
hommes. Moi qui vous parle, et qui n'étais
pas née pour être concierge, mon père était
un gros fermier, vous savez, eh bien, je sens
que si j'étais riche, j'aurais aussi mes fan-
taisies. Il me faudrait tous les jours une oie
rôtie et la soupe aux choux; c'est une faiblesse, je le sais, mais je la contenterais.

— Ah! si j'étais riche, s'écria Rose, ce
n'est pas moi qui ferais comme mademoiselle : au lieu de m'habiller comme une sœur
du pot, j'aurais des dentelles à mon bonnet,
à mon mouchoir, à mon tablier; parce que,
moi, j'ai l'âme grande, et je ne sais pas
m'encanailler.

— Chacun son idée, reprit la portière,
c'est ce que je vous disais. Calmez-vous, mademoiselle vous fera quelque cadeau suivant
son habitude; il faut l'excuser aujourd'hui;
et, comme dit le proverbe : Traite-toi comme
tu voudrais que te traitât ton prochain. »

Sur quoi Mme Remy, heureuse d'avoir
montré sa science, ouvrit majestueusement
sa tabatière, et Rose remonta dans l'appartement en disant que personne dans la maison n'était en état de la comprendre; elle
avait des goûts trop distingués pour tous
ces gens-là.

VI

Un mois après cette scène mémorable,
Marie était devenue l'amie, presque la sœur
de Madeleine. Non-seulement elle lui avait
procuré de l'ouvrage en la recommandant à
toutes ses connaissances, mais chaque jour
elle allait travailler auprès de la petite Julie.
Souvent elle apportait avec elle un gros livre, tout rempli d'images, et faisait une
lecture que la mère et la fille écoutaient avec
un égal intérèt. Ce livre, c'est celui qui

parle à tous les âges, à toutes les conditions,
et qui, depuis deux mille ans, n'a rien perdu
de son intérêt, c'est la Bible.

« Ah! mademoiselle, disait souvent Madeleine, tout en mouillant et en repassant
ses dentelles, que Jésus-Christ était bon, et
qu'on voit bien qu'il était pauvre comme
ceux qu'il consolait! Comme ses paroles me
vont au cœur! Comment se fait-il que je sois
venue à mon âge sans qu'on m'ait donné à
lire ce livre divin?

— On le lit à l'église tous les dimanches,
Madeleine, pourquoi n'y allez-vous pas?
Vous êtes chrétienne, cependant. Cette image
qui est là, clouée au mur, qui représente un
prêtre à l'autel et une femme à genoux, cette
image au bas de laquelle il est écrit : *Précieux souvenir si vous êtes fidèle*, n'est-ce pas
à votre première communion qu'on vous l'a
donnée?

— Vous avez raison, mademoiselle, je

suis une païenne; pardonnez-moi : on m'a si mal élevée, et j'ai tant souffert! Pour nous autres, pauvres gens, l'église c'est l'endroit où l'on nous marie, où l'on baptise nos enfants et où l'on nous enterre; nous n'en savons pas plus long. On y dit de belles paroles, je le sais, j'y suis entrée quelquefois; mais ces belles paroles, on les pratique si peu que nous ne croyons guère à ceux qui les prêchent. C'est vous, mademoiselle, qui me faites comprendre Notre-Seigneur; vous êtes bonne comme lui.

— Taisez-vous, Madeleine, ne dites rien de semblable; je ne suis qu'une pécheresse, comme toutes les filles d'Ève.

— Ma petite maman, disait l'enfant, qui ne pouvait plus se séparer de Marie, lis-moi donc les belles histoires qui sont au commencement du livre; ce sont celles-là que j'aime le mieux.

— Volontiers, » dit Marie.

Et, ouvrant la Bible au hasard, elle lut ce qui suit :

« Sara ayant vu le fils d'Agar l'Égyptienne, qui jouait avec son fils Isaac, dit à Abraham :

« Chassez cette esclave et son enfant, car « le fils de l'esclave ne sera pas héritier avec « mon fils. »

« Au matin, Abraham se leva, et, prenant un pain et une outre d'eau, il les mit sur l'épaule de l'esclave, lui donna l'enfant et la renvoya. Et Agar, étant partie, errait dans la solitude de Bethsabée.

« L'eau de l'outre était épuisée. Agar jeta l'enfant sous un des arbres qui étaient là.

« Et elle s'en alla, à la distance d'une portée d'arc, et dit : « Je ne verrai pas mou- « rir l'enfant. » Elle s'assit, et levant la voix, elle pleura.

« Et Dieu entendit la voix de l'enfant, et l'ange de Dieu appela Agar du haut du ciel,

et lui dit : « Que fais-tu, Agar? Ne crains
« rien. Dieu a entendu la voix de l'enfant,
« du lieu où il est.

« Lève-toi, prends l'enfant, et tiens-lui la
« main; j'en ferai le chef d'une grande na-
« tion. »

« Et Dieu ouvrit les yeux d'Agar; elle vit
un puits, elle y alla, elle emplit l'outre, et
donna à boire à l'enfant.

« Et elle resta avec lui, et il grandit, et
resta dans le désert, et devint un chasseur. »

« Montre-moi l'image, » dit l'enfant à Marie; et elle regarda, avec une admiration
naïve, Agar avec sa grande coiffe blanche,
le petit Ismaël avec sa tunique et sa ceinture, et l'ange avec ses grands cheveux bou-
clés.

« Maman! maman! cria-t-elle tout à coup
à Madeleine, Agar c'est toi, je suis le petit
Ismaël, et l'ange c'est ma bonne Marie.

— Oui, oui, dit Madeleine; tu dis plus

vrai que tu ne crois : l'ange qui m'a sauvée du désespoir et qui t'a rendu la vie, c'est mademoiselle.

— Si tu es Ismaël, dit Marie en riant à la petite Julie, tu feras donc comme lui quand tu seras grande, tu seras une chasseresse, et, comme le fils d'Agar, tu auras un arc et des flèches sur l'épaule?

— Non, quand je serai grande je sais bien ce que je ferai.

— Et que feras-tu? dit la mère.

— C'est mon secret, répondit l'enfant en mettant un doigt sur ses lèvres, je ne le dirai qu'à Marie.

— Je t'écoute, mon enfant.

— Eh bien, j'irai chercher une petite fille malade, je la mettrai sur mes genoux, je l'habillerai, je l'embrasserai, je la guérirai, et je lui dirai : Appelle-moi ta petite maman. » Et elle se jeta dans les bras de Marie.

VII

Voilà mon histoire, elle n'est ni longue
ni curieuse, je la donne telle qu'on me l'a
contée il y a douze ans. Depuis lors, tout a
changé dans la maison de la rue du Helder.
Mme Remy s'est retirée dans son pays, trop
vieille pour veiller plus longtemps dans sa
loge, et n'ayant pas réalisé son rêve d'une
oie grasse tous les jours, encore bien que
ma cousine lui fasse une pension qui la
mette au-dessus du besoin. Mlle Rose n'a pu

rester dans une maison où l'on frayait avec
les petites gens : elle a épousé un cocher anglais, qui, dit-on, la bat quelquefois, mais
qui l'a fait entrer au service d'une duchesse;
elle porte des dentelles à son bonnet, ce qui,
avec son nez pointu et sa figure sèche, lui
donne plus que jamais la figure d'un oiseau.
La mansarde du sixième est vide; mais il y
a à l'entre-sol une jeune blanchisseuse en
dentelles qui répond au nom de Julie. Elle
occupe deux ouvrières, et on commence à
parler dans le quartier du mariage possible
de la jolie blanchisseuse avec un dessinateur
en broderies qui a un bon établissement
dans les environs.

Quant à ma cousine Marie, qui a trente
ans maintenant, elle n'a pas voulu se marier, au grand regret de ses parents; ils ne
peuvent se consoler d'avoir auprès d'eux une
fille attentive et charmante qui leur fait oublier les ennuis de la vieillesse. Tout entière

à ses œuvres de charité, Marie a reculé devant le mariage, se trouvant trop laide, dit-
elle gaiement, pour faire la joie d'un galant
homme, et ayant trop d'enfants à soigner
chez les autres pour avoir le temps de s'oc-
cuper de ceux que le ciel lui donnerait. Pour
l'aider dans son ministère, car c'est un vrai
ministère qu'elle exerce, elle a auprès d'elle
un gardien fidèle, une espèce de Cerbère qui
porte au loin la terreur, c'est Madeleine, que
le temps n'a pas calmée. Un pauvre vient-il
demander Mlle de la Guerche, Madeleine se
fait aussi douce que le lui permet sa nature
emportée; il n'est pas de jour qu'elle ne
monte seule, ou avec mademoiselle, dans
tous les greniers du quartier, et toujours
avec joie. Mais vienne une visite mondaine,
vienne un curieux, vienne surtout quelque
femme de chambre du voisinage, Madeleine
montre les dents. Elle est jalouse de sa maîtresse, et ne la cède qu'aux pauvres et aux

malheureux. Pour moi, cependant, elle fait
une exception. Quand j'arrive, et qu'il y a là
d'autres personnes, Madeleine me sourit du
regard, tout en faisant sa grosse voix pour
chasser les importuns. Quelquefois je me
laisse prendre à sa rudesse, et je veux sortir ; mais sa main me prend le bras comme
dans un étau, et elle me dit d'une voix
brusque et comme un chien qui aboie :
« Entrez, je sais que vous l'aimez. » Rien ne
peut distraire Madeleine de sa passion pour
sa maîtresse, quelquefois elle en rudoie sa
fille ; Marie est obligée de lui reprocher sa
dureté ; mais on ne changera pas Madeleine :
son plaisir sera de gronder jusqu'à son dernier jour. Personne ne comprend l'attache-
ment de ma cousine pour une femme aussi
désagréable. Cependant quand je vois de
quels yeux Madeleine contemple sa maîtresse,
comme elle la couve du regard, comme elle
devine tout ce que désire mademoiselle, je

lui pardonne jusqu'à ses fureurs. On voit
que toute sa vie appartient à celle qui est
venue s'asseoir au foyer désolé de la veuve
et de la mère pour y apporter ce que l'or ne
donne pas, et ce qui est plus nécessaire au
pauvre que le pain même : un peu de respect
et d'amitié.

PERLINO

CONTE NAPOLITAIN.

— Mère grand, pourquoi riez-vous si fort?
— Parce que j'ai envie de pleurer, mon enfant.
(*Le Petit Chaperon rouge*, version bulgare.)

I

LA SIGNORA PALOMBA.

Caton, ce vrai sage, a dit, je ne sais où,
qu'en toute sa vie il s'était repenti de trois
choses : la première, c'était d'avoir confié
son secret à une femme; la seconde, d'avoir
passé un jour entier sans rien faire; la troisième, d'être allé par mer quand il pouvait

prendre un chemin plus solide et plus sûr.
Les deux premiers regrets de Caton je les
laisse à qui veut s'en charger ; il n'est jamais prudent de se mettre mal avec la plus
douce moitié du genre humain, et médire
de la paresse n'appartient pas à tout le
monde ; mais la troisième maxime on devrait
l'écrire en lettres d'or sur le pont de tous
les navires, comme un avis aux imprudents.
Faute d'y songer, je me suis souvent em-
barqué ; l'expérience d'autrui ne nous sert
pas plus que la nôtre. Mais à peine sorti du
port, la mémoire me revenait aussitôt ; et
que de fois, en mer comme ailleurs, n'ai-je
pas senti, mais trop tard, que je n'étais pas
un Caton !

Un jour surtout, je m'en souviens encore,
je rendis pleine justice à la sagesse du vieux
Romain. J'étais parti de Salerne par un soleil admirable ; mais, à peine en mer, la
bourrasque nous surprit et nous poussa vers

Amalfi avec la rapidité que nous ne souhaitions guère. En un instant je vis l'équipage pâlir, gesticuler, crier, jurer, pleurer, prier, puis je ne vis plus rien. Battu du vent et de la pluie, mouillé jusqu'aux os, j'étais étendu au fond de la barque, les yeux fermés, le cœur malade, oubliant tout à fait que je voyageais pour mon plaisir, quand une brusque secousse me rappelant à moi-même, je me sentis saisi par une main vigoureuse. Au-dessus de moi, et me tirant par les épaules, était le patron, l'air réjoui, le regard enflammé. « Du courage, Excellence, criait-il en me remettant sur pied, la barque est à terre; nous sommes à Amalfi. Debout! un bon dîner vous remettra le cœur; l'orage est passé, ce soir nous irons à Sorrente !

Le temps, la mer, le fou, la femme et la fortune
Tournent comme le vent, changent comme la lune.

Je sortis du bateau plus ruisselant qu'U-

lysse après son naufrage, et, comme lui,
très-disposé à baiser la terre qui ne bouge
pas. Devant moi étaient les quatre matelots,
la rame à l'épaule, prêts à m'escorter en
triomphe jusqu'à l'auberge de la Lune, qu'on
apercevait sur la hauteur. Ses murs blanchis
à la chaux brillaient aux feux du jour,
comme la neige sur les montagnes. Je suivis
mon cortège, mais non pas avec la fierté
d'un vainqueur; je montai tristement et lentement un escalier qui n'en finissait pas, regardant les vagues qui se brisaient au ri-
vage, comme furieuses de nous avoir lâchés.
J'entrai enfin dans l'*osteria;* il était midi :
tout dormait, la cuisine même était déserte;
il n'y avait pour me recevoir qu'une couvée
de poulets maigres qui, à mon approche, se
prirent à crier comme les oies du Capitole.
Je traversai leur bande effrayée pour me réfu-
gier sur une terrasse en arceaux, toute pleine
de soleil; là, m'emparant d'une chaise que

j'enfourchai, et appuyant mes bras et ma
tête sur le dossier, je me mis, non pas à réfléchir, mais à me sécher, tandis que la
maison, et la ville, et la mer, et les cieux
eux-mêmes continuaient à danser autour de
moi.

Je me perdais dans mes rêveries, quand
la patronne de l'osteria s'avança vers moi,
traînant ses pantoufles avec la noblesse d'une
reine. Qui a visité Amalfi n'oubliera jamais
l'énorme et majestueuse Palomba.

« Que désire Votre Excellence? me dit-
elle d'une voix plus aigre que de coutume;
et faisant elle-même la demande et la réponse : Dîner, c'est impossible; les pêcheurs
ne sont pas sortis par ce temps de malheur,
il n'y a pas de poisson.

— Signora, lui répondis-je sans lever la
tête, donnez-moi ce que vous voudrez, une
soupe, un macaroni, peu importe; j'ai plus
besoin de soleil que de dîner. »

La digne Palomba me regarda avec un étonnement mêlé de pitié.

« Pardon, Excellence, me dit-elle; au livre rouge qui sortait de votre poche, je vous prenais pour un Anglais. Depuis que ce maudit livre, qui dit tout, a recommandé le poisson d'Amalfi, il n'y a pas un milord qui veuille dîner autrement que ce papier ne lui ordonne. Mais puisque vous entendez la raison, nous ferons de notre mieux pour vous plaire. Ayez seulement un peu de patience. »

Et aussitôt l'excellente femme, attrapant au passage deux des poulets qui criaient autour de moi, leur coupa le cou sans que j'eusse le temps de m'opposer à cet assassinat dont j'étais complice; puis, s'asseyant près de moi, elle se mit à plumer les deux victimes avec le sang-froid d'un grand cœur.

« Signor, dit-elle au bout d'un instant, la cathédrale est ouverte, tous les étrangers vont l'admirer avant dîner. »

Pour toute réponse, je soupirai.

« Excellence, ajouta la digne Palomba, que sans doute je gênais dans ses préparatifs culinaires, vous n'avez pas visité la route nouvelle qui conduit à Salerne? Il y a une vue magnifique sur la mer et les îles.

— Hélas, pensai-je, c'est ce matin et en voiture qu'il fallait prendre cette route; et je ne répondis pas.

— Excellence, dit d'une voix très-forte la patronne, très-décidée à se débarrasser de moi, le marché se tient aujourd'hui. Beau spectacle, beaux costumes! Et des marchandes qui ont la langue si bien pendue; et des oranges! on en a douze pour un carlin! »

Peine perdue : je ne me serais pas levé pour la reine de Naples en personne!

« Hé donc! s'écria l'hôtesse, à qui la patience échappait; vous voilà plus endormi que Perlino quand il buvait son or potable.

— Perlino de qui? Perlino de quoi? murmurai-je en ouvrant un œil languissant.

— Quel Perlino? reprit Palomba. Y en a-t-il deux dans l'histoire? et quand on ne trouverait pas ici un enfant de quatre ans qui ne connût ses aventures, est-ce un homme aussi instruit que Votre Excellence qui peut les ignorer?

— Faites comme si je ne savais rien, contez-moi l'histoire de Perlino, excellente Palomba; je vous écoute avec le plus vif intérêt. »

La bonne femme commença avec la gravité d'une matrone romaine. L'histoire était belle; peut-être la chronologie laissait-elle un peu à désirer, mais dans ce récit touchant la sage Palomba faisait preuve d'une si parfaite connaissance des choses et des hommes, que peu à peu je levai la tête, et, fixant les yeux sur celle qui ne me regardait plus, j'écoutai avec attention ce qui suit.

II

VIOLETTE.

Si l'on en croyait nos anciens, Pæstum n'aurait pas toujours été ce qu'il est aujourd'hui. Il n'y a maintenant, disent les pêcheurs, que trois vieilles ruines où l'on ne trouve que la fièvre, des buffles et des Anglais ; autrefois c'était une grande ville, habitée par un peuple nombreux. Il y a bien longtemps de cela, comme qui dirait au siècle des patriarches, quand tout le pays était aux mains des païens grecs, que d'autres nomment Sarrasins.

En ce temps-là, il y avait à Pæstum un marchand bon comme le pain, doux comme le miel, riche comme la mer. On l'appelait Cecco; il était veuf, et n'avait qu'une fille qu'il aimait comme son œil droit. Violette, c'était le nom de cette enfant chérie, était blanche comme du lait et rose comme la fraise. Elle avait de longs cheveux noirs, des yeux plus bleus que le ciel, une joue veloutée comme l'aile d'un papillon, et un grain de beauté juste au coin de la lèvre. Joignez à cela l'esprit d'un démon, la grâce d'une Madeleine, la taille de Vénus et des doigts de fée, vous comprendrez qu'à la première vue jeunes et vieux ne pouvaient se défendre de l'aimer.

Quand Violette eut quinze ans, Cecco songea à la marier. C'était pour lui un grand

souci. L'oranger, pensait-il, donne sa fleur
sans savoir qui la cueillera, un père met au
monde une fille, et pendant de longues années la soigne comme la prunelle de ses
yeux pour qu'un beau jour un inconnu lui
vole son trésor, sans même le remercier. Où
trouver un époux digne de ma Violette? N'importe, elle est assez riche pour choisir qui
lui plaira ; belle et fine comme elle est, elle
apprivoiserait un tigre, si elle s'en mêlait.

Souvent donc le bon Cecco essayait adroite-
ment de parler mariage à sa fille; autant
eût valu jeter ses discours à la mer. Dès
qu'il touchait cette corde, Violette baissait
la tête et se plaignait d'avoir la migraine;
le pauvre père, plus troublé qu'un moine
qui perd la mémoire au milieu de son sermon, changeait aussitôt de conversation, et
tirait de sa poche quelque cadeau qu'il avait
toujours en réserve. C'était une bague, un
chapelet, un dé d'or; Violette l'embrassait,

et le sourire revenait comme le soleil après la pluie.

Un jour cependant que Cecco, plus avisé, avait commencé par où il finissait d'ordinaire, et que Violette avait dans les mains un si beau collier qu'il lui était difficile de s'affliger, le bonhomme revint à la charge. « O amour et joie de mon cœur, lui disait-il en la caressant, bâton de ma vieillesse, couronne de mes cheveux blancs, ne verrai-je jamais l'heure où l'on m'appellera grand-père? Ne sens-tu pas que je deviens vieux? ma barbe grisonne et me dit chaque jour qu'il est temps de te choisir un protecteur. Pourquoi ne pas faire comme toutes les femmes? Vois-tu qu'elles en meurent? Qu'est-ce qu'un mari? C'est un oiseau en cage, qui chante tout ce qu'on veut. Si ta pauvre mère vivait encore, elle te dirait qu'elle n'a jamais pleuré pour faire sa volonté; elle a toujours été reine et impératrice au logis. Je n'osais

souffler devant elle, pas plus que devant toi,
et je ne puis me consoler de ma liberté.

— Père, dit Violette en lui prenant le
menton, tu es le maître, c'est à toi de commander. Dispose de ma main, choisis toi-
même. Je me marierai quand tu voudras, et
à qui tu voudras. Je ne te demande qu'une
seule chose.

— Quelle qu'elle soit, je te l'accorde,
s'écria Cecco, charmé d'une sagesse à laquelle on ne l'avait pas habitué.

— Eh bien, mon bon père, tout ce que je
désire, c'est que le mari que tu me donne-
ras n'ait pas l'air d'un chien.

— Voilà une idée de petite fille, s'écria le
marchand rayonnant de joie. On a raison de
dire que beauté et folie vont souvent de compagnie. Si tu n'avais pas tout l'esprit de ta
mère, dirais-tu de pareilles sottises ? Crois-
tu qu'un homme de sens comme moi, crois-
tu que le plus riche marchand de Pæstum

4

sera assez niais pour accepter un gendre à face de chien ? Sois tranquille, je te choisirai, ou plutôt tu te choisiras le plus beau et le plus aimable des hommes. Te fallût-il un prince, je suis assez riche pour te l'acheter. »

A quelques jours de là, il y eut un grand

dîner chez Cecco ; il avait invité la fleur de la jeunesse à vingt lieues à la ronde. Le repas était magnifique ; on mangea beaucoup,

on but davantage ; chacun se mit à l'aise et
parla dans l'abondance de son cœur. Quand
on eut servi le dessert, Cecco se retira dans
un coin de la salle, et prenant Violette sur
ses genoux :

« Ma chère enfant, lui dit-il tout bas, re-
garde-moi ce joli jeune homme aux yeux
bleus, qui a une raie au milieu de la tête.
Crois-tu qu'une femme serait malheureuse
avec un pareil chérubin ?

— Vous n'y pensez pas, mon père, dit
Violette en riant ; il a l'air d'une levrette.

— C'est vrai, s'écria le bon Cecco, une
vraie tête de levrette ! Où avais-je les yeux
pour ne pas voir cela ? Mais ce beau capitaine qui a le front ras, le cou serré, les
yeux à fleur de tête, la poitrine bombée,
c'est un homme celui-là, qu'en dis-tu ?

— Mon père, il ressemble à un dogue ;
j'aurais toujours peur qu'il me mordît.

— Il est de fait qu'il a un faux air de do-

gue, répondit Cecco en soupirant. N'en parlons plus. Peut-être aimeras-tu mieux un
personnage plus grave et plus mûr. Si les
femmes savaient choisir, elles ne prendraient
jamais un mari qui eût moins de quarante
ans. Jusque-là les femmes ne trouvent que
des fats qui se laissent adorer, ce n'est vraiment qu'après quarante ans qu'un homme
est mûr pour aimer et pour obéir. Que dis-
tu de ce conseiller de justice qui parle si
bien et qui s'écoute en parlant? Ses cheveux
grisonnent, qu'importe, avec des cheveux
gris on n'est pas plus sage qu'avec des cheveux noirs.

— Père, tu ne tiens pas ta parole. Tu
vois bien qu'avec ses yeux rouges et les boucles blanches qui lui frisent sur les oreilles,
ce seigneur a la mine d'un caniche. »

De tous les convives il en fut de même,
pas un n'échappa à la langue de Violette.
Celui-ci, qui soupirait en tremblant, res-

semblait à un chien turc; celui-là, qui avait
de longs cheveux noirs et des yeux cares-
sants, avait la figure d'un épagneul; personne ne fut épargné. On dit, en effet, que
parmi vous autres hommes il n'en est pas
un qui n'ait l'air d'un chien quand on lui
met la main sous le nez, en lui cachant la
bouche et le menton; vous devez le savoir,
vous autres signori, qui êtes tous des savants, car on dit que si vous venez remuer
les pierres de notre Italie, c'est pour demander à nos morts la sagesse qui, à mon
avis, ne doit pas être une marchandise com-
mune dans votre pays.

« Violette a trop d'esprit, pensa Cecco, je
n'en viendrai jamais à bout par la raison. »

Sur quoi il entra dans une colère blanche; il l'appela ingrate, tête de bois, fille de
sot, et finit en la menaçant de la mettre au
couvent pour le reste de sa vie. Violette

pleura; il se jeta à ses genoux, lui demanda
pardon, et lui promit de ne jamais plus lui
parler de rien. Le lendemain il se leva sans
avoir dormi, embrassa sa fille, la remercia

de n'avoir pas les yeux rouges, et attendit
que le vent qui tourne les girouettes soufflât
du côté de sa maison.

Cette fois il n'avait pas tort. Avec les fem-

mes il arrive plus de choses en une heure
qu'en dix ans avec les hommes, et ce n'est
jamais pour elles qu'il est écrit : *On ne passe
pas par ce chemin.*

III

NAISSANCE ET FIANÇAILLES DE PERLINO.

Un jour qu'il y avait fête aux environs, Cecco demanda à sa fille ce qu'il pourrait lui apporter pour lui faire plaisir.

« Père, dit-elle, si tu m'aimes, achète-moi un demi-*cantaro* de sucre de Palerme et autant d'amandes douces; joins-y cinq ou six bouteilles d'eau de senteur, un peu de musc et d'ambre, une quarantaine de per-

les, deux saphirs, une poignée de grenats et
de rubis; apporte-moi aussi vingt écheveaux
de fil d'or, dix aunes de velours vert, une

pièce de soie cerise, et
surtout n'oublie pas une
auge et une truelle d'ar-
gent. »

Qui fut étonné de ce
caprice? ce fut le mar-
chand; mais il avait été
trop bon mari pour ne
pas savoir qu'avec les
femmes il est plus court
d'obéir que de raison-
ner; il rentra le soir à
la maison avec une mule toute chargée. Que
n'eût-il pas fait pour un sourire de son enfant?

Aussitôt que Violette eut reçu tous ces
présents, elle monta dans sa chambre, et se
mit à faire une pâte de sucre et d'amandes,

en l'arrosant d'eau et de jasmin. Puis, comme un potier ou un sculpteur, elle pétrit cette pâte avec sa truelle d'argent, et en moula le plus beau petit jeune homme qu'on eût jamais vu. Elle lui fit les cheveux avec des fils d'or, les yeux avec des saphirs, les dents avec des perles, la langue et les lèvres avec des rubis. Après quoi elle l'habilla de velours et de soie, et le baptisa Perlino, parce qu'il était blanc et rosé comme la nacre de la perle.

Quand elle eut fini son chef-d'œuvre, qu'elle avait placé sur une table, Violette battit des mains, et se mit à danser autour de Perlino; elle lui chantait les airs les plus tendres, elle lui disait les paroles les plus douces, elle lui envoyait des baisers à échauffer un marbre : peine perdue, la poupée ne bougeait pas. Violette en pleurait de dépit, quand elle se souvint à propos qu'elle avait une fée pour marraine. Quelle marraine, sur-

tout quand elle est fée, rejette le premier
vœu qu'on lui adresse? Et voici ma jeune
fille qui pria tant et tant, que sa marraine

l'entendit de deux cents lieues et en eut pitié. Elle souffla; il n'en faut pas davantage
aux fées pour faire un miracle. Tout à coup

Perlino ouvre un œil, puis deux; il tourne la tête à droite, à gauche, puis il éternue comme une personne naturelle; puis, tandis que Violette riait et pleurait de plaisir, voilà mon Perlino qui marche sur la table, gravement, à petits pas, comme une douairière

qui revient de l'église ou un bailli qui monte au tribunal.

Plus joyeuse que si elle eût gagné le royaume de France à la loterie, Violette emporta Perlino dans ses bras, l'embrassa sur les deux joues, le plaça doucement à terre, puis, prenant sa robe à deux mains, elle se mit à danser autour de lui, en chantant :

Danse, danse avec moi,
Cher Perlino de mon âme;
Danse, danse avec moi,
Si tu veux m'avoir pour femme;

5

Danse, danse avec moi,
Je serai la reine, et tu seras le roi.

Nous sommes tous deux à la fleur de l'âge,
Plaisir de mes yeux ; entrons en ménage.
Courir et sauter,
Danser et chanter,
Voilà toute la vie !
Si tu fais toujours tout ce que je veux,
Mon petit mari, tu seras heureux
A donner envie
Aux dieux
Des cieux.

Danse, danse avec moi,
Cher Perlino de mon âme ;
Danse, danse avec moi,
Si tu veux m'avoir pour femme ;
Danse, danse avec moi,
Je serai la reine et tu seras le roi.

Cecco, qui refaisait le compte de ses marchandises, parce qu'il lui semblait dur de
ne gagner qu'un million de ducats dans l'année, entendit de son comptoir le bruit qu'on
faisait au-dessus de sa tête : *Per Baccho !*
s'écria-t-il, il se passe là-haut quelque chose

d'étrange ; il me semble qu'on se que-
relle.

Il monta, et, poussant la porte, vit le plus
joli spectacle du monde. En face de sa fille,

rouge de plaisir, était l'Amour en personne,
l'Amour en pourpoint de velours et de soie.
Les deux mains dans les mains de sa petite
maîtresse, Perlino, sautant des deux pieds à

la fois, dansait, dansait, comme s'il ne devait jamais s'arrêter.

Aussitôt que Violette aperçut l'auteur de

ses jours, elle lui fit une humble révérence,
et lui présentant son bien-aimé :

« Mon seigneur et père, lui dit-elle, tu

m'as toujours dit que tu désirais me voir mariée. Pour t'obéir et te plaire, j'ai choisi un mari suivant mon cœur.

— Tu as bien fait, mon enfant, répondit Cecco, qui devina le mystère; toutes les femmes devraient prendre exemple sur toi. J'en connais plus d'une qui se couperait un doigt de la main, et non pas le plus petit, pour se fabriquer un mari à son goût, un petit mari tout confit de sucre et de fleur d'orange. Donne-leur ton secret, tu sécheras bien des larmes. Il y a deux mille ans qu'elles se plaignent, et dans deux mille ans elles se plaindront encore d'être incomprises et sacrifiées. »

Sur quoi il embrassa son gendre, le fiança sur l'heure, et demanda deux jours pour préparer la noce. Il n'en fallait pas moins pour inviter tous les amis à la ronde et dresser un dîner qui ne fût pas indigne du plus riche marchand de Pæstum.

IV

L'ENLÈVEMENT DE PERLINO.

Pour voir un mariage si nouveau, on vint de bien loin : de Salerne et de la Cava, d'Amalfi et de Sorrente, même d'Ischia et de Pouzzoles. Riches ou pauvres, jeunes ou vieux, amis ou jaloux, chacun voulut connaître Perlino. Par malheur, il ne s'est jamais fait de noce sans que le diable ne s'en mêle ; la

marraine de Violette n'avait pas prévu ce
qui devait arriver.

Parmi les invités, on attendait une personne considérable; c'était une marquise des
environs, qui s'appelait la Dame des Écus-
Sonnants. Elle était aussi méchante et aussi

vieille que Satan; elle avait la peau jaune et
ridée, les yeux caves, les joues creuses, le
nez crochu, le menton pointu; mais elle était
si riche, si riche, que chacun l'adorait au
passage et se disputait l'honneur de lui baiser la main. Cecco la salua jusqu'à terre, et

la fit asseoir à sa droite, heureux et fier de
présenter sa fille et son gendre à une femme
qui, ayant plus de cent millions, lui faisait
la grâce de manger son dîner.

Tout le long du repas, la dame des Écus-
Sonnants ne fit que regarder Perlino ; la convoitise lui brûlait le cœur.

La marquise habitait un
château digne des fées :
les pierres en étaient d'or,
et les pavés d'argent. Dans
ce château il y avait une
galerie où l'on avait ras-
semblé toutes les curiosités de la terre : une pen-
dule qui sonnait toujours l'heure qu'on désirait, un élixir qui guérissait la goutte et
la migraine, un philtre qui changeait le chagrin en joie, une flèche de l'amour, l'ombre
de Scipion, le cœur d'une coquette, la religion d'un médecin, une sirène empaillée,

trois cornes de licorne, la conscience d'un
courtisan, la politesse d'un enrichi, l'hippo-
griffe d'*Orlando*, toutes choses qu'on n'a jamais vues et qu'on ne verra jamais autre

part; mais à ce trésor il manquait un rubis :
c'était ce chérubin de Perlino.

On n'était pas au dessert que la dame
avait résolu de s'emparer de lui. Elle était
fort avare; mais ce qu'elle désirait, il le lui
fallait sur l'heure, et à tout prix. Elle ache-

tait tout ce qui se vend, et même ce qui ne
se vend pas; pour le reste, elle le volait,
bien certaine qu'à Naples la justice n'est
faite que pour les petites gens. De médecin
ignorant, de mule rechignée et de femme
méchante, *libera nos, Domine*, dit le proverbe. Dès qu'on se fut levé de table, la dame
s'approcha de Perlino, qui, né depuis trois
jours, n'avait pas encore ouvert les yeux sur
la malice du monde; elle lui conta tout ce
qu'il y avait de beau et de riche dans le
château des Écus-Sonnants :

« Viens avec moi, cher petit ami, lui disait-elle, je te donnerai dans mon palais la
place que tu voudras : choisis; te plaît-il
d'être page avec des habits d'or et de soie,
chambellan avec une clef en diamants au
milieu du dos, suisse avec une hallebarde
d'argent et un large baudrier d'or qui te fera
une poitrine plus brillante que le soleil? Dis
un mot, tout est à toi. »

Le pauvre innocent était tout ébloui; mais si peu qu'il eût respiré l'air natal, il était déjà Napolitain, c'est-à-dire le contraire d'une bête.

« Madame, répondit-il naïvement, on dit que travailler, c'est le métier des bœufs; il n'est rien de plus sain que de se reposer. Je voudrais un état où il n'y eût rien à faire et beaucoup à gagner, comme font les chanoines de Saint-Janvier.

— Quoi ! dit la dame des Écus-Sonnants, à ton âge veux-tu déjà être....

— Justement, madame, interrompit Perlino, et plutôt deux fois qu'une, pour avoir double traitement.

— Qu'à cela ne tienne, reprit la marquise; en attendant, viens que je te montre ma voiture, mon cocher anglais et mes six chevaux gris. »

Et elle l'entraîna vers le perron.

« Et Violette? dit faiblement Perlino.

—Violette nous suit, » répondit la dame en tirant l'imprudent, qui se laissait faire.

Une fois dans la cour, elle lui fit admirer ses chevaux qui, en piaffant, secouaient de

beaux filets de soie rouge parsemés de clochettes d'or; puis elle le fit monter dans la voiture pour essayer les coussins et se mirer dans les glaces. Tout d'un coup elle ferme la portière : fouette, cocher, les voilà partis pour le château des Écus-Sonnants.

Violette cependant recevait avec une grâce parfaite les compliments de l'assemblée; bientôt, étonnée de ne plus voir son fiancé, qui ne la quittait guère plus que son ombre, elle court dans toutes les salles : personne; elle

monte sur le toit de la maison pour voir si
Perlino n'y avait pas été chercher le frais :
personne. Dans le lointain on apercevait un
nuage de poussière, et un carrosse qui s'en-
fuyait vers les montagnes au galop de six
chevaux. Plus de doute, on enlevait Perlino.
A cette vue, Violette sentit son cœur faiblir.
Aussitôt, sans penser qu'elle était nu-tête, en
coiffure de mariée, en robe de dentelle, en
souliers de satin, elle sortit de la maison de

son père et se mit à courir après la voiture,
appelant à grands cris Perlino, et lui tendant les bras.

Vaines paroles qu'emportait le vent. L'ingrat était tout entier aux paroles mielleuses de sa nouvelle maîtresse ; il jouait avec les bagues qu'elle portait aux doigts, et croyait déjà que le lendemain il se réveillerait prince et seigneur. Hélas ! il y en a de plus vieux que lui qui ne sont pas plus sages ! Quand sait-on qu'au logis bonté et beauté valent mieux que richesse ? C'est quand il est trop tard, et qu'on n'a plus de dents pour ronger les fers qu'on s'est mis aux mains.

V

LA NUIT ET LE JOUR.

La pauvre Violette courut tout le jour ;
fossés, ruisseaux, halliers, ronces, épines,
rien ne l'arrêtait ; qui souffre pour l'amour
ne sent pas la peine. Quand vint le soir, elle
se trouva dans un bois sombre, accablée de
fatigue, mourant de faim, les pieds et les
mains en sang. La frayeur la prit ; elle regardait autour d'elle sans remuer ; il lui

semblait que du milieu de la nuit sortaient
des milliers d'yeux qui la suivaient en la
menaçant. Tremblante, elle se jeta au pied
d'un arbre, appelant à voix basse Perlino
pour lui dire un dernier adieu.

Comme elle retenait son haleine, ayant si
grand'peur qu'elle n'osait respirer, elle entendit les arbres du voisinage qui parlaient
entre eux. C'est le privilége de l'innocence,
qu'elle comprend toutes les créatures de Dieu.

« Voisin, disait un caroubier à un olivier
qui n'avait plus que l'écorce, voilà une jeune
fille qui est bien imprudente de se coucher
à terre. Dans une heure, les loups sortiront
de leur tanière; s'ils l'épargnent, la rosée et
le froid du matin lui donneront une telle
fièvre qu'elle ne se relèvera pas. Que ne
monte-t-elle dans mes branches; elle y pourrait dormir en paix, et je lui offrirais volontiers quelques-unes de mes gousses pour ranimer ses forces épuisées.

— Vous avez raison, voisin, répondait
l'olivier. L'enfant ferait mieux encore si
avant de se coucher elle enfonçait son bras
dans mon écorce. On y a caché les habits et
le zampogne [1] d'un *pifferaro*. Quand on brave
la fraîcheur des nuits, une peau de bique
n'est pas à dédaigner; et, pour une fille qui
court le monde, c'est un costume léger
qu'une robe de dentelles et des souliers de
satin. »

Qui fut rassuré? Ce fut la Violette. Quand
elle eut cherché à tâtons la veste de bure, le
manteau de peau de chèvre, le zampogne et
le chapeau pointu du pifferaro, elle monta
bravement sur le caroubier, mangea des
fruits sucrés, but la rosée du soir, et, après
s'être bien enveloppée, elle s'arrangea entre
deux branches du mieux qu'elle put. L'arbre
l'entoura de ses bras paternels, des ramiers

---

1. Espèce de cornemuse.

sortant de leurs nids la couvrirent de feuilles, le vent la berçait comme un enfant,
et elle s'endormit en songeant à son bien-
aimé.

En s'éveillant le lendemain, elle eut peur.

Le temps était calme et beau; mais, dans le
silence des bois, la pauvre enfant sentait
mieux sa solitude. Tout vivait, tout s'aimait
autour d'elle; qui songeait à la pauvre dé-
laissée? Aussi se mit-elle à chanter pour ap-

peler à son secours tout ce qui passait auprès d'elle sans la regarder.

O vent, qui souffles de l'aurore,
N'as-tu pas vu mon bien-aimé,
Parmi les fleurs qu'a fait éclore
La nuit au silence embaumé?
A-t-il pleuré de mon absence?
A-t-il prié pour mon retour?
Rends-moi la joie et l'espérance,
Dis-moi sa peine et son amour.

Gai papillon, légère abeille,
Poursuivez l'ingrat qui me fuit!
La grenade la plus vermeille,
Le jasmin le plus frais, c'est lui!
Il est plus pur que la verveine,
Son front est blanc comme le lis;
La violette a son haleine;
Ses yeux sont bleus comme l'iris.

Cherche-le-moi, bonne hirondelle,
Cherchez-le moi, petits oiseaux,
Parmi le thym et l'asphodèle,
Au fond des bois, au bord des eaux.
Loin de lui je souffre et je pleure,
Je tremble de crainte et d'émoi;
Si vous ne voulez que je meure,
O chers amis, rendez-le moi!

Le vent passa en murmurant, l'abeille partit pour chercher son butin, l'hirondelle poursuivit les mouches jusqu'au haut des cieux, les oiseaux criant et chantant s'agacèrent dans la feuillée, personne ne s'inquiéta de Violette. Elle descendit de l'arbre en soupirant, et marcha tout droit devant elle, se fiant à son cœur pour retrouver Perlino.

VI

LES TROIS RENCONTRES.

Il y avait un torrent qui tombait de la montagne; son lit était à demi séché; ce fut le chemin que prit Violette. Déjà les lauriers roses sortaient du fond de l'eau leurs têtes recouvertes de fleurs; la fille de Cecco s'enfonça dans cette verdure, suivie par les papillons qui voltigeaient autour d'elle comme autour d'un lis qu'agite le vent. Elle marchait plus vite qu'un banni qui rentre au logis; mais la chaleur était lourde : vers midi il lui fallut s'arrêter.

En approchant d'une flaque d'eau pour y rafraîchir ses pieds brûlants, elle aperçut

une abeille qui se noyait. Violette allongea son petit pied; la bestiole y monta. Une fois à sec, l'abeille resta quelque temps immobile comme pour reprendre haleine, puis elle secoua ses ailes mouillées; puis, passant sur tout son corps ses pattes plus fines qu'un fil de soie, elle se sécha, se lissa, et, prenant son vol, vint bourdonner autour de celle qui lui avait sauvé la vie.

« Violette, lui dit-elle, tu n'a pas obligé une ingrate. Je sais où tu vas; laisse-moi t'accompagner. Quand je serai fatiguée, je me reposerai sur ta tête. Si jamais tu as besoin de moi, dis seulement : *Nabuchodonosor; la paix du cœur vaut mieux que l'or;* peut-être pourrai-je te servir.

— Jamais, pensa Violette, je ne pourrai dire : *Nabuchodonosor....*

— Que veux-tu? demanda l'abeille.

— Rien, rien, reprit la fille de Cecco, je n'ai besoin de toi qu'auprès de Perlino. »

Elle se remit en route, le cœur plus léger; au bout d'un quart d'heure, elle entendit un petit cri : c'était une souris blanche qu'avait blessée un hérisson et qui ne s'était sauvée de son ennemi que tout en sang et à

6

demi morte. Violette eut pitié de la pauvre
bête. Si pressée qu'elle fût, elle s'arrêta pour
lui laver ses blessures et lui donner une des
caroubes qu'elle avait gardées pour son dé-
jeuner.

« Violette, lui dit la souris, tu n'as pas
obligé une ingrate. Je sais où tu vas. Mets-
moi dans ta poche avec le reste de tes caroubes. Si jamais tu as besoin de moi, dis
seulement : *Tricchè varlacchè, habits dorés,
cœurs de laquais;* peut-être pourrai-je te servir. »

Violette glissa la souris dans sa poche
pour qu'elle y pût grignoter tout à l'aise, et
continua de remonter le torrent. Vers la
brune, elle approchait de la montagne, quand
tout à coup, du haut d'un grand chêne,
tomba à ses pieds un écureuil, poursuivi
par un horrible chat-huant. La fille de Cecco
n'était pas peureuse, elle frappa le hibou
avec sa zampogne, et le mit en fuite; puis

elle ramassa l'écureuil, plus étourdi que
blessé de sa chute; à force de soins, elle le
ranima.

« Violette, lui dit l'é-
cureuil, tu n'a pas obligé
un ingrat; je sais où tu
vas. Mets-moi sur ton é-
paule, et cueille-moi des
noisettes pour que je ne
laisse pas mes dents s'al-
longer. Si jamais tu as
besoin de moi, dis seule-
ment : *Patati, patata, regarde bien et tu verras;*
peut-être pourrai-je te servir. »

Violette fut un peu é-
tonnée de ces trois rencontres; elle ne
comptait guère sur cette reconnaissance en
paroles; que pouvaient faire pour elle de si
faibles amis? Qu'importe, pensa-t-elle, le

bien est toujours le bien. Advienne que
pourra : j'ai eu pitié des malheureux.

A ce moment la lune sortit d'un nuage,
et sa blanche lumière éclaira le vieux château des Écus-Sonnants.

VII

LE CHATEAU DES ÉCUS-SONNANTS.

La vue du château n'était pas faite pour rassurer. Sur le haut d'une montagne qui n'était qu'un amas de roches éboulées, on apercevait des créneaux d'or, des tourelles d'argent, des toits de saphir et de rubis, mais entourés de grands fossés pleins d'une eau verdâtre, mais défendus par des ponts-levis, des herses, des parapets, d'énormes barreaux et des meurtrières d'où sortait la gueule des canons, tout l'attirail de la guerre et du meurtre. Le beau palais n'était qu'une prison. Violette grimpa péniblement par des sentiers tortueux, et arriva enfin par un passage étroit devant une grille de fer armée d'une énorme serrure. Elle appela; point de réponse; elle tira une cloche : aussitôt parut une espèce de geôlier, plus noir et plus laid que le chien des enfers.

« Va-t'en, mendiant, cria-t-il, ou je t'assomme! La pauvreté ne gîte point ici. Au château des Écus-Sonnants on ne fait l'aumône qu'à ceux qui n'ont besoin de rien. »

La pauvre Violette s'éloigna tout en pleurs.

« Du courage! lui dit l'écureuil, tout en cassant une noisette, joue de la zampogne.

— Je n'en ai jamais joué, répondit la fille de Cecco.

— Raison de plus, dit l'écureuil; tant

qu'on n'a pas essayé d'une chose, on ne sait pas ce qu'on peut faire. Souffle toujours. »

Violette se mit à souffler de toutes ses

forces, en remuant les doigts et en chantant dans l'instrument. Voici la zampogne qui se gonfle et qui joue une tarentelle à faire dan-

ser les morts. A ce bruit, l'écureuil saute à
terre, la souris ne reste pas en arrière; les
voilà qui dansent et sautent comme de vrais
Napolitains, tandis que l'abeille tourne autour d'eux en bourdonnant. C'était un spectacle à payer sa place un carlin, et sans regret.

Au bruit de cette agréable musique, on
vit bientôt s'ouvrir les noirs volets du château. La dame des Écus-Sonnants avait auprès d'elle ses filles d'honneur, qui n'étaient
pas fâchées de regarder de temps en temps
si les mouches volaient toujours de la même
façon. On a beau n'être pas curieuse, ce
n'est pas tous les jours qu'on entend une
tarentelle jouée par un pâtre aussi joli que
Violette.

« Petit, disait l'une, viens par ici!

— Berger, criait l'autre, viens de mon
côté! »

Et toutes de lui envoyer des sourires, mais
la porte restait fermée.

« Damoiselles, dit Violette en ôtant son chapeau, soyez aussi bonnes que vous êtes belles. La nuit m'a surpris dans la montagne; je n'ai ni gîte ni souper. Un coin dans l'écurie et un morceau de pain; mes petits danseurs vous amuseront toute la soirée. »

Au château des Écus-Sonnants, la con-

signe est sévère. On y craint tellement les voleurs que, passé la brune, on n'ouvre à personne. Ces demoiselles le savaient bien; mais dans cette honnête maison, il y a toujours de la corde de pendu. On en jeta un bout par la fenêtre. En un instant, Violette fut hissée dans une grande chambre avec toute sa ménagerie. Là, il lui fallut souffler pendant de longues heures, et danser, et chanter, sans qu'on lui permît d'ouvrir la bouche pour demander où était Perlino.

N'importe; elle était heureuse de se sentir sous le même toit; il lui semblait qu'à ce moment le cœur de son bien-aimé devait battre comme battait le sien. C'était une innocente : elle croyait qu'il suffit d'aimer pour qu'on vous aime. Dieu sait quels beaux rêves elle fit cette nuit-là.

VIII

NABUCHODONOSOR.

Le lendemain, de grand matin, Violette, qu'on avait couchée au grenier, monta sur les toits et regarda autour d'elle; mais elle eut beau courir de tous côtés, elle ne vit que des tours grillées et des jardins déserts. Elle descendit tout en larmes, quoi que fissent ses trois petits amis pour la consoler.

Dans la cour, toute pavée d'argent, elle

trouva les filles d'honneur, assises en rond
et filant des étoupes d'or et de soie.

« Va-t'en, lui crièrent-elles; si madame
voyait tes haillons, elle nous chasserait. Sors
d'ici, vilain joueur de zampogne, et ne reviens jamais, à moins que tu ne sois prince
ou banquier.

— Sortir! dit Violette; pas encore, belles
demoiselles : laissez-moi vous servir; je serai si doux, si obéissant, que vous ne re-
gretterez jamais de m'avoir gardé près de
vous. »

Pour toute réponse, la première demoiselle
se leva : c'était une grande fille, maigre,
sèche, jaune, pointue; d'un geste elle montra la porte au petit pâtre, et appela le geôlier, qui s'avança en fronçant le sourcil et
en brandissant sa hallebarde.

« Je suis perdue, s'écria la pauvre fille,
je ne reverrai jamais mon Perlino!

— Violette, dit gravement l'écureuil, on

éprouve l'or dans la fournaise et les amis dans l'infortune.

— Tu as raison, s'écria la fille de Cecco : *Nabuchodonosor, la paix du cœur vaut mieux que l'or.* »

Aussitôt l'abeille s'envole, et voilà qu'au milieu de la cour il entre, je ne sais par où, un beau carrosse de cristal, avec un timon en rubis et des roues d'émeraude. L'équipage était tiré par quatre chiens noirs, gros comme le poing, qui marchaient sur leurs oreilles. Quatre grands scarabées, montés en jockeys, conduisaient d'une main légère cet attelage mignon. Au fond du carrosse, mollement couchée sur des carreaux de satin bleu, s'étendait une jeune bécasse coiffée d'un petit chapeau rose et vêtue d'une robe de taffetas si ample, qu'elle débordait sur les deux roues. D'une patte, la dame tenait un éventail, de l'autre un flacon ainsi qu'un mouchoir brodé à ses armes et garni d'une

7

large dentelle. Auprès d'elle, à demi enseveli sous les flots de taffetas, était un hibou, l'air ennuyé, l'œil mort, la tête pelée, et si vieux que son bec croisait comme des ciseaux ouverts. C'étaient de jeunes mariés qui faisaient leurs visites de noces, un ménage à la mode, tel que les aime la dame des Écus-Sonnants.

A la vue de ce chef-d'œuvre, un cri de joie et d'admiration éveilla tous les échos du palais. D'étonnement, le geôlier en laissa choir sa pique, tandis que les demoiselles couraient après le carrosse, qui fuyait au galop de ses quatre épagneuls, comme s'il emportait l'empereur des Turcs ou le diable en personne. Ce bruit étrange inquiéta la dame des Écus-Sonnants, qui craignait toujours d'être pillée; elle accourut, furieuse, et résolue de mettre toutes ses filles d'honneur à la porte. Elle payait pour être respectée, et voulait en avoir pour son argent.

Mais quand elle aperçut l'équipage, quand
le hibou l'eut saluée d'un signe de bec et
que la bécasse eut trois fois remué son mouchoir avec une adorable nonchalance, la colère de la dame s'évanouit en fumée.

« Il me faut cela ! cria-t-elle. Combien le
vend-on ? »

La voix de la marquise effraya Violette,
mais l'amour de Perlino lui donnait du
cœur ; elle répondit que, si pauvre qu'elle

fût, elle aimait mieux son caprice que tout
l'or du monde; elle tenait à son carrosse, et
ne le vendrait pas pour le château des Écus-
Sonnants.

« Sotte vanité des gueux! murmura la
dame. Il n'y a vraiment que les riches qui
aient le saint respect de l'or et qui soient
prêts à tout faire pour un écu. Il me faut
cette voiture! dit-elle d'un ton menaçant;
coûte que coûte, je l'aurai.

— Madame, reprit Violette fort émue, il
est vrai que je ne veux pas la vendre, mais
je serais heureuse de l'offrir en don à Votre
Seigneurie, si elle voulait m'honorer d'une
faveur.

— Ce sera cher, pensa la marquise. Parle,
dit-elle à Violette, que demandes-tu?

— Madame, dit la fille de Cecco, on as-
sure que vous avez un musée où toutes les
curiosités de la terre sont réunies; montrez-
le-moi; s'il y a quelque chose de plus mer-

veilleux que ce carrosse, mon trésor est à vous. »

Pour toute réponse, la dame des Écus-Sonnants haussa les épaules et mena Violette dans une grande galerie qui n'a jamais eu sa pareille. Elle lui fit regarder toutes ses richesses : une étoile tombée du ciel, un collier fait avec un rayon de la lune, natté et tressé à trois rangs, des lis noirs, des roses vertes, un amour éternel, du feu qui ne brûlait pas, et bien d'autres raretés ; mais elle ne montra pas la seule chose qui touchât Violette : Perlino n'était pas là.

La marquise cherchait dans les yeux du petit pâtre l'admiration et l'étonnement ; elle fut surprise de n'y voir que l'indifférence.

« Eh bien ! dit-elle, toutes ces merveilles sont autre chose que tes quatre toutous : le carrosse est à moi.

— Non, madame, dit Violette. Tout cela est mort, et mon équipage est vivant. Vous

ne pouvez pas comparer des pierres et des cailloux à mon hibou et à ma bécasse, personnages si vrais, si naturels, qu'il semble
qu'on vient de les quitter dans la rue. L'art
n'est rien auprès de la vie.

— N'est-ce que cela ? dit la marquise ; je
te montrerai un petit homme fait de sucre
et de pâte d'amandes, qui chante comme un
rossignol et raisonne comme un académicien.

— Perlino ! s'écria Violette.

— Ah ! dit la dame des Écus-Sonnants,
mes filles d'honneur ont parlé. »

Elle regarda le joueur de zampogne avec
l'instinct de la peur.

« Toute réflexion faite, ajouta-t-elle, sors
d'ici, je ne veux plus de tes jouets d'enfants.

— Madame, dit Violette toute tremblante,
laissez-moi causer avec ce miracle de Perlino, et prenez le carrosse.

— Non, dit la marquise ; va-t'en et em-
porte tes bêtes avec toi.

— Laissez-moi seulement voir Perlino.

— Non ! non ! répondit la dame.

— Seulement coucher une nuit à sa porte, reprit Violette tout en larmes. Voyez quel bijou vous refusez, ajouta-t-elle en mettant un genou en terre et en présentant la voiture à la dame des Écus-Sonnants »

A cette vue, la marquise hésita, puis elle sourit ; en un instant elle avait trouvé le moyen de tromper Violette et d'avoir pour rien ce qu'elle convoitait.

« Marché conclu, dit-elle en saisissant le carrosse ; tu coucheras ce soir à la porte de Perlino, et même tu le verras ; mais je te défends de lui parler. »

Le soir venu, la dame des Écus-Sonnants appela Perlino pour souper avec elle. Quand elle l'eut fait bien manger et bien boire, ce qui était aisé avec un garçon d'humeur facile, elle versa d'excellent vin blanc de Capri dans une coupe de vermeil, et tirant de sa poche une boîte de cristal, elle y prit une poudre rougeâtre qu'elle jeta dans le vin.

« Bois cela, mon enfant, dit-elle à Perlino, et donne-moi ton goût. »

Perlino, qui faisait tout ce qu'on lui disait, avala la liqueur d'un seul trait.

« Pouah ! s'écria-t-il, ce breuvage est abominable, c'est une odeur de boue et de sang; c'est du poison !.

— Niais ! dit la marquise, c'est de l'or potable; qui en a bu une fois en boira toujours. Prends ce second verre, tu le trouveras meilleur que le premier. »

La dame avait raison; à peine l'enfant eut-il vidé la coupe, qu'il fut pris d'une soif ardente.

« Encore ! disait-il, encore ! »

Il ne voulait plus quitter la table. Pour le décider à se coucher, il fallut que la marquise lui fît un grand cornet de cette poudre merveilleuse qu'il mit soigneusement dans

sa poche, comme un remède à tous les
maux.

Pauvre Perlino ! c'était bien un poison

qu'il avait pris, et le plus terrible de tous.
Qui boit de l'or potable, son cœur se glace
tant que le fatal breuvage est dans l'esto-

mac. On ne connaît plus rien, on n'aime plus rien, ni père, ni mère, ni femme, ni enfants, ni amis, ni pays; on ne songe plus qu'à soi; on veut boire, et on boirait tout l'or et tout le sang de la terre sans étancher une soif que rien ne peut assouvir.

Cependant que faisait Violette? Le temps lui semblait aussi long qu'au pauvre un jour sans pain. Aussi, dès que la nuit eût mis son masque noir pour ouvrir le bal des étoiles, Violette courut-elle à la porte de Perlino, bien sûre qu'en la voyant Perlino se jetterait dans ses bras. Comme son cœur battait quand elle l'entendit monter! Quel chagrin quand l'ingrat passa devant elle sans même la regarder!

La porte fermée à double tour, et la clef retirée, Violette se jeta sur une natte qu'on lui avait donnée par pitié; là elle se mit à fondre en larmes, se fermant la bouche avec les mains pour étouffer ses sanglots. Elle

n'osait se plaindre, de crainte qu'on ne la
chassât; mais quand vint l'heure où les

étoiles seules ont les yeux ouverts, elle gratta
doucement à la porte et chanta à demi-voix :

Perlino, m'entends-tu? C'est moi qui te délivre,
      Ouvre-moi !
Viens vite, je t'attends; ami, je ne puis vivre
      Loin de toi.
   Ouvre-moi ! mon cœur te désire;
   Je brûle, j'ai froid. je soupire;

Tout le jour
C'est d'amour,
Et la nuit
C'est d'ennui.

Hélas ! elle eut beau chanter, rien ne bougea dans la chambre. Perlino ronflait comme un mari de dix ans, et ne rêvait qu'à sa poudre d'or. Les heures se traînèrent lentement, sans apporter d'espérance. Si longue et si douloureuse que fût la nuit, le matin fut plus triste encore. La dame des Écus-Sonnants arriva dès le point du jour.

« Te voilà content, beau joueur de zampogne, lui dit-elle avec un malin sourire, le carrosse est payé au prix que tu m'as demandé.

— Puisses-tu avoir un pareil contentement tous les jours de ta vie ! murmura la pauvre Violette, j'ai passé une si mauvaise nuit que je ne l'oublierai de si tôt.

IX

TRICCHÈ VARLACCHÈ.

La fille de Cecco se retira tristement; plus
d'espoir, il fallait retourner chez son père,
et oublier celui qui ne l'aimait plus. Elle
traversa la cour, suivie par les demoiselles
d'honneur qui la raillaient de sa simplicité.
Arrivée près de la grille, elle se retourna
comme si elle attendait un dernier regard;
en se voyant seule, le courage l'abandonna,

elle fondit en larmes et cacha sa tête dans ses mains.

« Sors donc, misérable gueux ! lui cria le

geôlier en saisissant Violette au collet et en la secouant d'importance.

— Sortir ! dit Violette, jamais ! *Tricchè varlacchè !* cria-t-elle, *habits dorés, cœurs de laquais !* »

Et voilà la souris qui se jette au nez du
geôlier et le mord jusqu'au sang; puis, devant la grille même, s'élève une volière
grande comme un pavillon chinois. Les barreaux en sont d'argent, les mangeoires de
diamant; au lieu de millet, il y a des perles; au lieu de colifichet, des ducats enfilés
dans des rubans de toutes les couleurs. Au
milieu de cette cage magnifique, sur un bâton en échelle qui tourne à tous les vents,
sautent et gazouillent des milliers d'oiseaux
de toute taille et de tout pays : colibris, per-
roquets, cardinaux, merles, linottes, serins,
et le reste; tout ce monde emplumé sifflait
le même air, chacun dans son jargon. Violette, qui entendait le langage des oiseaux
comme celui des plantes, écouta ce que disaient toutes ces voix, et traduisit la chan-
son aux filles d'honneur, bien étonnées de
trouver une si rare prudence chez les per-
roquets et les serins.

Voici ce que chantait le chœur des oiseaux :

> Fi de la liberté !
> Vive la cage !
> Quand on est sage,
> On est ici bien nourri, bien traité.
> Bien renté,
> Au chaud en hiver, au frais en été :
> On paye en ramage,
> L'hospitalité,
> Vive la cage !
> Fi de la liberté !

Après ces cris joyeux, il se fit un grand
silence ; un vieux perroquet rouge et vert, à
l'air grave et sérieux, leva la patte, et, tout
en tournant, chanta d'un ton nasillard, ou
plutôt croassa ce qui suit :

> Le rossignol est un monsieur vêtu de noir,
> Fort déplaisant à voir,
> Qui ne sort que le soir,
> Pour chanter à la lune ;
> C'est un orgueilleux
> Qui vit comme un gueux
> Et se dit heureux ;
> Sa voix nous importune.

On devrait, entre nous,
Clouer à quatre clous,
Comme des hiboux,
Ces fous
Qui n'adorent pas la fortune.

Et tous les oiseaux, ravis de cette éloquence, se mirent à siffler d'une voix per-
çante :

Fi de la liberté !
Vive la cage ! etc., etc.

Pendant qu'on entourait la volière magique, la dame des Écus-Sonnants était accou-
rue ; comme on le pense bien, elle ne fut pas
la dernière à convoiter cette merveille.

« Petit, dit-elle au joueur de zampogne,
me vends-tu cette cage au même prix que
le carrosse ?

— Volontiers, madame, répondit Violette,
qui n'avait pas d'autre désir.

— Marché conclu ! dit la dame, il n'y a
que les gueux pour se permettre de pareilles
folies. »

Le soir, tout se passa comme la veille.
Perlino, ivre d'or potable, entra dans sa
chambre sans même lever les yeux; Violette
se jeta sur sa natte, plus misérable que jamais.

Elle chanta comme le premier jour; elle
pleura à fendre les pierres : peine inutile,
Perlino dormait comme un roi détrôné; les
sanglots de sa maîtresse le berçaient comme
eût fait le bruit de la mer et du vent. Vers
minuit, les trois amis de Violette, affligés
de son chagrin, tinrent conseil :

« Il n'est pas naturel que cet enfant
dorme de la sorte, disait mon compère l'é-
cureuil.

— Il faudrait entrer et l'éveiller, disait la
souris.

— Comment entrer? demandait l'abeille
qui avait inutilement cherché une fente tout
le long du mur.

— C'est mon affaire, dit la souris. »

Et vite, et vite elle ronge un petit coin de la porte; ce fut assez pour que l'abeille se glissât dans la chambre de Perlino.

Il était là tranquillement endormi sur le dos, ronflant avec la régularité d'un chanoine qui fait la sieste. Ce calme irrita l'abeille, elle piqua Perlino sur la lèvre; Perlino soupira et se donna un soufflet sur la joue, mais il ne s'éveilla point.

« On a endormi l'enfant, dit l'abeille revenue auprès de Violette pour la consoler. Il y a de la magie. Que faire?

— Attendez, dit la souris, qui n'avait pas laissé rouiller ses dents, je vais entrer à mon tour, je l'éveillerai, dussé-je lui manger le cœur.

— Non, non, dit Violette, je ne veux pas qu'on fasse de mal à mon Perlino. »

La souris était déjà dans la chambre. Sauter sur le lit, s'insinuer sous la couverture, ce fut un jeu pour la cousine des rats. Elle alla

droit à la poitrine de Perlino ; mais, avant
d'y faire un trou, elle écouta : le cœur ne
battait pas ; plus de doute! Perlino était en-
chanté.

Comme elle rapportait cette nouvelle, l'aurore éclairait déjà le ciel; la méchante dame
arriva, toujours souriante. Violette, furieuse
d'avoir été jouée, et qui de colère se mangeait les mains, n'en fit pas moins une belle
révérence à la marquise, en disant tout bas :
A demain.

X

PATATI, PATATA.

Cette fois, Violette descendit avec plus de courage. L'espoir lui revenait. Comme la veille, elle trouva les filles d'honneur dans la cour, toujours filant leurs étoupes.

« Allons, beau joueur de zampogne, lui crièrent-elles en riant, fais nous encore un tour de ton métier!

— Pour vous plaire, belles demoiselles,

répondit Violette : *Palati, patata,* dit-elle, *regarde bien et tu verras.* »

A l'instant, compère l'écureuil jette à terre une de ses noisettes; aussitôt on voit paraître un théâtre de marionnettes. Le rideau se tire; la scène représente une chambre de justice, l'audience de Rominagrobis. Au fond, sur un trône tendu de velours rouge, et tout étoilé de griffes d'or, est le bailli, un gros chat à face respectable, quoiqu'il y ait un reste de fromage sur ses longues moustaches. Toujours recueilli en lui-même, les mains croisés dans ses longues manches, les yeux fermés, on dirait qu'il dort, si jamais la justice dormait dans le royaume des chats.

De côté est un banc de bois où sont enchaînées trois souris, auxquelles par précaution on a rogné les dents et coupé les oreilles. Elles sont soupçonnées, ce qui à Naples veut dire convaincues, d'avoir regardé de trop près une couenne de vieux lard. En face des

coupables est un dais de drap noir, au front
duquel on a inscrit en lettres d'or cette sentence du grand poëte et magicien, Virgile :

Écrase les souris, mais ménage les chats.

Sous le dais se tient debout le fiscal ; c'est
une belette au front fuyant, aux yeux rouges,
à la langue pointue; elle a la main sur son
cœur et fait une belle harangue pour demander à la loi d'étrangler les souris. Sa parole
coule comme l'eau d'une fontaine; c'est
d'une voix si tendre, si pénétrante que la
bonne dame implore et sollicite la mort de
ces affreuses petites bêtes, qu'en vérité on
s'indigne de leur endurcissement. Il semble
qu'elles manquent à tous leurs devoirs en
n'offrant pas elles-mêmes leurs têtes criminelles pour calmer l'émotion et sécher les
pleurs de cette excellente belette, qui a tant
de larmes dans le gosier.

Quand le fiscal eut fini son oraison funèbre, un jeune rat, à peine sevré, se leva pour défendre les coupables. Déjà il avait assuré ses lunettes, ôté son bonnet et secoué ses manches, quand, par respect pour la libre défense et dans l'intérêt des accusés, le chat lui interdit la parole. Alors, et d'une voix solennelle, maître Rominagrobis gourmanda les accusés, les témoins, la société, le ciel, la terre et les rats; puis, se couvrant, il fulmina un arrêt vengeur, et condamna ces bêtes criminelles à être pendues et écorchées séance tenante, avec confiscation des biens, abolition de la mémoire et condamnation en tous les frais, la contrainte par corps limitée toutefois à cinq années; car il faut être humain, même avec les scélérats.

La farce jouée, la toile se ferma.

« Comme cela est vivant! s'écria la dame des Écus-Sonnants. C'est la justice des chats, prise sur le fait. Pâtre ou sorcier, qui que tu sois, vends-moi ta chambre étoilée.

8

— Toujours au même prix, madame, repondit Violette.

— A ce soir donc ! reprit la marquise.

— A ce soir! dit Violette. »

Et elle ajouta tout bas :

« Puisses-tu me payer tout le mal que tu m'as fait ! ».

Pendant qu'on donnait la comédie dans la cour, l'écureuil n'avait pas perdu son temps. A force de trotter sur les toits, il avait fini par découvrir Perlino qui mangeait des figues dans le jardin. Du toit, maître écureuil avait sauté sur un arbre, de l'arbre sur un buisson. Toujours dégringolant, il arriva jusqu'à Perlino qui jouait à la *morra*[1] avec son ombre, moyen sûr de toujours gagner.

L'écureuil fit une cabriole et s'assit devant Perlino avec la gravité d'un notaire.

---

1. Dans le jeu de la *morra*, chacun des joueurs ouvre un ou plusieurs doigts; c'est ce nombre de doigts ouverts que l'adversaire doit deviner.

« Ami, lui dit-il, la solitude a ses char-
mes, mais tu n'as pas l'air de beaucoup
t'amuser en jouant tout seul; si nous faisions ensemble une partie?

— Peuh! dit Perlino en bâillant, tu as

les doigts trop courts, et tu n'es qu'une
bête.

— Des doigts courts ne sont pas toujours
un défaut, reprit l'écureuil; j'en ai vu pendre
plus d'un, dont le crime était d'avoir les

doigts trop longs; et si je suis une bête, seigneur Perlino, au moins suis-je une bête éveillée. Cela vaut mieux que d'avoir tant d'esprit et de dormir comme un loir. Si jamais le bonheur frappe à ma porte pendant la nuit, au moins serai-je debout pour lui ouvrir.

— Parle clairement, dit Perlino; depuis deux jours il se passe en moi quelque chose d'étrange. J'ai la tête lourde et le cœur chagrin; je fais de mauvais rêves. D'où cela vient-il?

— Cherche! dit l'écureuil. Ne bois point, tu ne dormiras pas; ne dors pas, tu verras bien des choses. A bon entendeur, salut! »

Sur ce, l'écureuil grimpa sur une branche et disparut.

Depuis que Perlino vivait dans la retraite, la raison lui venait; rien ne rend méchant comme de s'ennuyer à deux, rien ne rend sage comme de s'ennuyer tout seul. Au souper, il étudia la figure et le sourire de la dame des Écus-Sonnants; il fut aussi gai convive que d'habitude; mais chaque fois qu'on lui présenta la coupe d'oubli, il s'approcha de la fenêtre pour admirer la beauté du soir, et chaque fois il jeta l'or potable dans le jardin. Le poison tomba, dit-on, sur des vers blancs qui perçaient la terre; c'est depuis ce temps-là que les hannetons sont dorés.

XI

LA RECONNAISSANCE.

En entrant dans sa chambre, Perlino remarqua le joueur de zampogne qui le regardait tristement, mais il ne fit point de question ; il avait hâte d'être seul pour voir si le bonheur frapperait à sa porte et sous quelle figure il entrerait. Son inquiétude ne fut pas de longue durée. Il n'était pas encore au lit qu'il entendit une voix douce et plaintive ;

c'était Violette qui, dans les termes les plus
tendres, lui rappelait comment elle l'avait
fait et pétri de ses propres mains, comment
c'était à ses prières qu'il devait la vie, et
pourtant il s'était laissé séduire et enlever,
tandis qu'elle avait couru après lui avec une
peine que Dieu veuille épargner à tout le
monde. Violette lui disait encore, avec un
accent plus douloureux et plus pénétrant,
comment depuis deux nuits elle veillait à sa
porte; comment, pour obtenir cette faveur,
elle avait donné des trésors dignes des rois
sans tirer de lui un seul mot; comment cette
dernière nuit était la fin de ses espérances
et le terme de sa vie.

En écoutant ces paroles qui lui perçaient
l'âme, il semblait à Perlino qu'on le tirait
d'un rêve : c'était un nuage qu'on déchirait
devant ses yeux. Il ouvrit doucement la
porte et appela Violette; elle se jeta dans ses
bras en sanglotant. Il voulait parler; elle

lui ferma la bouche : on croit toujours celui
qu'on aime, et il y a des instants où l'on est
si heureux, qu'on n'a besoin que de pleurer.

« Partons, dit Perlino ; sortons de ce don-
jon maudit.

— Partir n'est pas aisé, seigneur Perlino,

répondit l'écureuil; la dame des Écus-Sonnants ne lâche pas volontiers ce qu'elle
tient; pour vous éveiller nous avons usé
tous nos dons; il faudrait un miracle pour
vous sauver.

— Peut-être ai-je un moyen, dit Perlino
à qui l'esprit venait comme la séve aux arbres du printemps. »

Il prit le cornet qui contenait la poudre
magique et gagna l'écurie, suivi de Violette
et des trois amis. Là, il sella le meilleur
cheval, et, marchant tout doucement, il arriva jusqu'à la loge où dormait le geôlier,
les clefs à la ceinture. Au bruit des pas,
l'homme s'éveilla et voulut crier; il n'avait
pas ouvert la bouche, que Perlino y jetait
l'or potable, au risque de l'étouffer; mais,
loin de se plaindre, le geôlier se mit à sourire, et retomba sur sa chaise en fermant
les yeux et en tendant les mains. Se saisir
du trousseau, ouvrir la grille, la refermer à

triple tour, et jeter dans l'abîme ces clefs de
perdition pour enfermer à jamais la convoitise dans sa prison, ce fut pour Perlino l'affaire d'un instant. Le pauvre enfant avait

Em. Boilein

compté sans le trou de la serrure; il n'en
faut pas plus à la convoitise pour s'échap-
per de sa retraite et envahir le cœur humain.

Enfin les voilà en route, tous deux sur le

même cheval. Perlino en avant, Violette en croupe. Elle avait passé son bras autour de son bien-aimé, et le serrait bien fort pour s'assurer que le cœur lui battait toujours.

Perlino tournait sans cesse la tête pour revoir la figure de sa chère maîtresse, pour retrouver ce sourire qu'il craignait toujours d'oublier. Adieu la frayeur et la prudence! Si l'écureuil n'avait plus d'une fois tiré la

bride pour empêcher le cheval de butter ou
de se perdre, qui sait si les deux voyageurs
ne seraient pas encore en chemin?

Je laisse à penser la joie que ressentit le
bon Cecco en retrouvant sa fille et son gendre. C'était le plus jeune de la maison; il
riait tout le long du jour sans savoir pourquoi, et voulait danser avec tout le monde;
il avait tellement perdu la tête qu'il doubla
les appointements de ses commis et fit une
pension à son caissier, qui ne le servait que
depuis trente-six ans. Rien n'aveugle comme
le bonheur. La noce fut belle, mais cette
fois on eut soin de trier les amis. De vingt-
lieues à la ronde, il vint des abeilles qui ap-
portèrent un beau gâteau de miel; le bal finit par une tarentelle de souris et un salta-
rello d'écureuils dont on parla longtemps
dans Pæstum. Quand le soleil chassa les invités, Violette et Perlino dansaient encore,
rien ne pouvait les arrêter. Cecco, qui était

9

plus sage, leur fit un beau sermon pour leur prouver qu'ils n'étaient plus des enfants et qu'on ne se marie pas pour s'amuser; ils se jetèrent dans ses bras en riant. Un père a toujours le cœur faible : il les prit par la main et se mit à danser avec eux jusqu'au soir.

XII

LA MORALE.

« Voilà l'histoire de Perlino, qui en vaut bien une autre, me dit en se levant ma grosse hôtesse, tout émue des aventures qu'elle venait de conter.

— Et la dame des Écus-Sonnants, m'écriai-je, qu'est-elle devenue ?

— Qui le sait ? répondit Palomba. Qu'elle ait pleuré ou qu'elle se soit arraché un côté

de cheveux, qui s'en soucie? La fourberie
finit toujours par se prendre à son propre
piége : c'est bien fait. La farine du diable
s'en va tout en son, tant pis pour qui sert
le diable, tant mieux pour les honnêtes
gens !

— Et la morale ?

— Quelle morale? dit Palomba, en me
regardant d'un air surpris. Si Votre Excellence veut de la morale, il est deux heures,
il y a un père capucin qui prêche à vêpres,
et vous voyez d'ici la cathédrale.

— C'est la morale du conte que je vous
demande.

— Seigneur, me dit-elle en appuyant sur
les finales, la soupe est servie, le poulet frit,
le macaroni cuit. N I ni, mon histoire est
finie. On berce les enfants avec des chansons et les hommes avec des contes : que
voulez-vous de plus ? »

Je me mis à table, mais je n'étais pas satisfait. Tout en ébréchant mon couteau sur un blanc de poulet, je dis à mon hôtesse :

« Votre histoire est touchante, et voilà un macaroni qui a un fumet admirable ; mais quand je raconterai aux enfants de mon pays les aventures de Perlino, je ne leur servirai pas à dîner en même temps ; ils réclameront une morale.

— Eh bien ! Excellence, s'il y a chez vous de ces délicats qui n'osent pas rire, de crainte de montrer leurs dents, qu'ils viennent goûter à mon macaroni. Adressez-les à Amalfi, et qu'ils demandent la Lune. Nous leur servirons dans une assiette plus de morale que n'en fournirait tout Paris.

« A propos, ajouta-t-elle, on vous attend pour partir, le vent se lève, les matelots craignent que Votre Seigneurie ne soit incommodée comme ce matin. On dirait que cette nouvelle vous attriste. Bon courage ! Le mal passé n'est que songe, et quoique le mal futur ait les bras longs, il ne nous tient pas encore. Vous n'y pensiez pas tout à l'heure.

— Merci, ma bonne Palomba, vous m'avez trouvé ce que je cherchais. Un moment d'oubli entre de longues peines, un peu de repos au milieu du vent et de la mer, du travail et de l'ennui, voilà ce que donnent les contes et les rêves. Bien fou qui leur en demande davantage. *Ecco la moralità.* »

BLANDINE L'ESCLAVE

RÉCIT HISTORIQUE.

De toutes les vertus qui honorent une femme, la plus belle et la plus précieuse sans contredit, c'est la piété, car elle contient en soi toutes les autres : la charité, le sacrifice, la modestie, le courage, l'amour de la justice et de la vérité. Les femmes de France se sont toujours distinguées par leur piété; depuis la reine Bathilde et la mère de saint Louis jusqu'à Jeanne d'Arc, depuis sainte Geneviève jusqu'à l'épouse de Louis XV,

la reine Marie Leckzinska, on peut citer auprès du trône, comme dans les conditions
les plus obscures, une foule de femmes de-
venues célèbres par leur sainteté, non moins
que par leur courage et par leur esprit. Mais
parmi tous les noms qui sont venus jusqu'à
nous et qu'entoure la vénération des siècles,
il n'en est pas un qui mérite d'être conservé
avec plus de respect que celui de la pauvre
esclave Blandine, la première victime de la
persécution païenne dans les Gaules, la première martyre de Lyon.

On sait que le christianisme vint de bonne
heure dans notre pays. Il y fut apporté par
les disciples de saint Jean, venus d'Orient
pour répandre la *bonne nouvelle* dans les
Gaules. Dès le milieu du second siècle après
Jésus-Christ, au temps de l'empereur Marc-
Aurèle, nous trouvons à Lyon une Église
déjà florissante, quoique cachée ; cette Église
a pour chef Potinus, vieillard de plus de

quatre-vingt-dix ans, qui avait dû entendre
à Éphèse le disciple bien-aimé du Seigneur.
Des chrétiens venus de Grèce et d'Asie, des
Romains et des Gaulois convertis, compo-
saient la communauté nouvelle; rien n'y manquait, pas même des esclaves instruits par
leur maître. C'était là le spectacle jusqu'alors
inconnu que donnait le christianisme; pour
la première fois l'esclave était traité comme
un homme, et non plus comme une brute;
pour la première fois le riche et le puissant
respectaient dans le pauvre et l'opprimé une
âme immortelle, rachetée par Jésus-Christ.

Les chrétiens étaient odieux aux païens;
leur religion, disait-on, était contraire aux
lois de l'empire. Les païens ne se trompaient
pas dans leur jugement. Les lois de l'empire
soumettaient la conscience au prince; c'était
l'empereur, c'était le sénat qui décidaient
quels dieux on devait adorer. Il n'est pas
douteux que les chrétiens ne reconnaissaient

pas cette tyrannie; aucun d'eux ne voulait
s'avilir devant ces dieux de pierre et de bois,
que des gens corrompus et pervers préten-
daient imposer à la crédulité populaire; les
fidèles préféraient la mort au mensonge et
au déshonneur, c'est pour cela qu'ils étaient
saints et grands.

Un autre reproche que les païens faisaient
aux chrétiens, une autre cause de haine et
de mépris, c'est que les chrétiens, disaient-
ils, étaient insociables. On ne les voyait jamais aux fêtes publiques; jamais ils ne pre-
naient part à ces spectacles que les empereurs
prodiguaient au peuple pour lui faire oublier
sa servitude. En ce point encore les païens
avaient raison. Ces jeux qui faisaient la joie
des Romains, ces chasses de cirque où des
bêtes farouches déchiraient des malheureux
sans défense, ces combats de gladiateurs où
des esclaves s'entre-tuaient pour amuser l'oi-
siveté romaine, tout cela faisait horreur aux

chrétiens. Ils vivaient loin de ce monde cruel et débauché, ils se réunissaient entre eux comme des frères, communiant à la même table, ne cherchant d'autre plaisir que celui de s'entr'aimer et de servir Dieu d'un même cœur.

Ce qu'il y a de plus odieux aux hommes, et surtout aux grands, c'est qu'on ne partage ni leurs idées ni leurs amusements; on commença par dédaigner les chrétiens, on voulut bientôt les obliger de faire comme la foule et d'adorer les caprices de l'empereur. Ils résistèrent; cette résistance fut un crime de lèse-majesté; il fallait que dans l'empire il n'y eût d'autre volonté, d'autre pensée que celle du souverain. Marc-Aurèle était un grand prince, sévère avec lui-même, sobre, courageux; il avait toutes les vertus d'un soldat et d'un philosophe, mais il était empereur, et à ce titre imbu de tous les préjugés de la puissance. La loi défendait aux chrétiens

d'exister; Marc-Aurèle ne s'inquiéta pas de
savoir si cette loi était injuste et cruelle, il
ne doutait pas qu'il n'eût le droit d'ordon-
ner tout ce qui lui plaisait. Il avait autour
de lui de savants conseillers qui lui répé-
taient chaque jour cette maxime despotique :
l'empereur était un dieu, le Romain n'était
qu'un esclave qui devait obéir et tout sacri-
fier, fût-ce même sa conscience. C'est ainsi
que, malgré ses belles qualités et sa douceur, Marc-Aurèle en arriva à la persécution.

Cette persécution commença à Lyon vers
l'an 177; elle commença, comme de coutume, non par une accusation régulière, mais
par des émeutes. La populace connaissait
toujours les chrétiens; c'étaient ces gens sé-
vères et tristes qu'on ne voyait ni dans les
temples, ni aux jeux, ni aux fêtes; chacun
pouvait les désigner du doigt comme des
impies ou des athées, car on ne les voyait
jamais adorer les dieux de la patrie. On in-

sulta les chrétiens dans la rue, on les chassa
de la place publique, où, suivant l'usage romain, les citoyens se réunissaient tous les
jours, on leur interdit les bains publics, on
les força de se renfermer chez eux et de se
cacher comme des criminels. Si par hasard
on les rencontrait au dehors, la foule ameu-
tée leur jetait des pierres; on les frappait;
on pillait leurs maisons; toute injure était
sainte et toute violence légitime quand la
victime portait le nom odieux de chrétien.

Il semble que les magistrats auraient dû
protéger des innocents contre de pareils outrages, car, dans un pays civilisé, il n'est
pas permis d'user de violence, même contre
un criminel reconnu, même contre un assas-
sin avéré; mais il n'y avait pas de justice
pour les chrétiens, ils étaient hors la loi. Le
peuple, qui les lapidait, les traînait devant
le magistrat après les avoir insultés, et demandait leur mort à grands cris. Le pro-

consul, quelle que fût son opinion, ne pouvait hésiter à punir les malheureux qu'on
lui amenait; la pitié et l'indulgence l'eussent rendu suspect à l'empereur. Il fallait
donc punir comme des assassins des gens
dont le seul forfait était de ne point sacri-
fier à de vaines idoles. Constater le crime
n'était pas difficile; ce crime, c'était de s'a-
vouer chrétien, et jamais un fidèle ne recu-
lait devant cet aveu. D'ordinaire il oubliait
son nom, sa patrie, sa naissance, sa condition; et à toutes les questions que lui adressait le proconsul il ne répondait que par ces
mots : *Je suis chrétien*, ou *Je suis l'esclave
du Christ.* Ces mots, c'était l'arrêt du supplice et de la mort.

Le supplice était affreux; c'était la torture
avec toutes ses horreurs. Tuer un chrétien,
c'était pour le magistrat se reconnaître vaincu;
celui qu'il avait tué était désormais un martyr, un témoin mort pour rendre témoignage

à Jésus-Christ. L'exemple de son courage
engendrait de nouveaux dévouements, et il
n'était pas rare qu'à la vue de la cruauté
des bourreaux, de l'injustice du magistrat
et du courage des fidèles, plus d'un païen
ne se déclarât publiquement chrétien et ne
demandât à mourir. *Le sang des martyrs*,
s'écriait un Père de l'Église, le fougueux
Tertullien, *c'est de la graine de chrétiens*. Il
fallait donc, non pas tuer le prisonnier, mais
lui faire souffrir de tels supplices que la
douleur le contraignît à se rétracter. C'était
la triste victoire que poursuivait le magistrat, à force de menaces et de violences. Que
la victime, vaincue par la douleur, dît un
mot, qu'elle brûlât un grain d'encens à la
statue du divin empereur, elle était libre et
souvent récompensée; mais si le chrétien
préférait la vérité à la honte, on épuisait
après lui toutes les inventions de la rage
humaine, pour arracher à sa bouche meur-

trie un soupir qu'on pût transformer en aveu.
Le fer, le feu, rien n'était épargné par les
bourreaux; tant qu'un membre palpitait encore, tant qu'il restait autre chose qu'un cadavre, on s'acharnait après le martyr; il n'y
avait de salut pour lui que dans la mort
qu'on lui faisait attendre si lentement et qu'on
lui vendait si cher.

On conçoit donc quelle fut la terreur des
chrétiens de Lyon quand la foule se mit à
les poursuivre et à les livrer au magistrat.
Ce n'était pas seulement la torture et la mort
qui les effrayait, c'était aussi la crainte que
parmi les fidèles il s'en trouvât quelques-
uns qui n'eussent ni assez de courage ni
assez d'énergie pour résister aux bourreaux.
C'était toujours la grande inquiétude; la ré-
tractation d'un chrétien, son retour au paganisme, c'était la vraie et la seule défaite
que redoutassent les disciples du Christ.

Il y avait surtout une classe de chrétiens

pour qui la tentation de céder était bien forte,
c'étaient les esclaves. S'ils adoraient la statue impériale, s'ils chargeaient leurs maîtres, on leur offrait d'ordinaire de l'argent
et la liberté. Aussi voit-on dans toutes ces
persécutions qu'on commence par arrêter les
esclaves, païens et chrétiens, et qu'on les
présente à la torture pour les contraindre à
déposer contre leurs patrons. C'est ce qui se
fit à Lyon, et aussitôt parurent ces accusa-
tions stupides que dans tous les temps on a
imputées aux gens que poursuit la haine publique. « Les chrétiens, disaient les esclaves, se réunissent à des banquets communs;
là on égorge un enfant et on en boit le sang. »
C'est ce qu'on nommait des festins de Thyeste,
en souvenir de ce personnage fabuleux à qui
son frère Atrée, par une vengeance abominable, fit servir la chair même de son fils.
De pareilles calomnies sont si odieuses qu'il
semble impossible de les croire. Mais la

haine ne raisonne pas; c'est avec la même
accusation qu'aujourd'hui, en Orient, on
poursuit et quelquefois on égorge les juifs.
En France, sous Louis XIV, il leur fallait
encore protester contre ces ridicules et dan-
gereuses imputations.

Parmi les esclaves arrêtés à Lyon, il y
avait une femme nommée Blandine; c'était
une chrétienne que sa maîtresse avait con-
vertie. Elle était de petite taille, faible et
délicate; aussi sa maîtresse, qui avait vail-
lamment affronté la torture, craignait-elle
que la pauvre esclave ne fût pas de force à
combattre avec le bourreau. C'était le souci
de tous les frères (ainsi se nommaient entre
eux les chrétiens); tous, captifs ou non, as-
sistaient à ce terrible spectacle pour s'en-
courager les uns les autres et s'animer à
mourir pour la vérité.

On livra Blandine aux bourreaux; c'était
une esclave, on n'avait rien à ménager avec

ces créatures que dédaignait l'orgueil anti-
que. Les Romains avaient moins de souci
d'un esclave que nous n'en avons aujour-
d'hui d'un bœuf ou d'un cheval. Blandine
fut mise à la torture; il semblait que du
premier coup on allait briser ces membres
délicats, ou forcer la pauvre femme à crier
grâce; mais l'esprit de Jésus-Christ l'ani-
mait; elle résista avec un courage héroïque
et une force surhumaine. Depuis le point du
jour jusqu'au coucher du soleil supplices et
bourreaux se succédèrent; on s'acharna sur
ce corps déchiré de coups et qui n'avait déjà
plus forme humaine, on le lacéra avec des
ongles de fer, on le troua de toutes parts,
plus d'une fois le chevalet rompit sous l'effort des cordes qui tendaient les membres
de la victime, rien ne put réduire la noble
martyre. « Elle était, dit le récit contempo-
rain, comme un généreux athlète. La douleur même ranimait ses forces et son cou-

rage. On eût dit qu'elle oubliait ses souffrances et qu'elle trouvait le repos et une
énergie nouvelle dans ces mots qu'elle répétait sans cesse : *Je suis chrétienne; chez nous
on ne fait rien de mal.* »

Quand la nuit fut venue, on la jeta pêle-
mêle avec les autres martyrs dans une prison obscure et sans air, on lui passa les
pieds dans un bloc de bois, troué de place
en place, si bien que la pauvre victime ne
put pas même trouver de repos pour son
corps brisé; on la réservait pour un supplice
plus éclatant. Elle avait bravé le proconsul,
et vaincu la menace des lois humaines, il
lui fallait maintenant servir aux plaisirs san-
glants du peuple; c'est dans l'amphithéâtre,
à un jour de fête, qu'elle devait mourir.

Pour hâter la vengeance et pour animer
la rage populaire, le proconsul ordonna des
jeux extraordinaires. Il s'était promis d'a-
muser la foule, aussi chaque martyr devait-

il mourir par un supplice particulier. Loin
de s'effrayer de cette terrible épreuve, les
frères voyaient arriver avec joie le jour et
l'heure des tourments. La délivrance approchait. Ces supplices divers, qui allaient les
réunir dans une même mort, c'étaient, di-
saient-ils, comme autant de fleurs de couleurs variées qui formaient une même couronne d'immortalité, offrande digne de plaire
au Seigneur.

Parmi les martyrs réservés aux bêtes de
l'amphithéâtre on avait mis les plus courageux, ceux qui, après avoir lassé les bourreaux, sauraient le mieux affronter la dent
des lions et des léopards. Au premier rang
figuraient deux Romains, Maturus et Sanctus, avec un Grec, venu de Pergame, Attale,
que l'on appelait la colonne et la pierre an-
gulaire de l'Église lyonnaise; à côté d'eux,
meurtrie et mutilée, mais toujours indomp-
table, était la pauvre Blandine.

Maturus et Sanctus, qu'on avait déjà tor-
turés plusieurs fois, furent tourmentés de
nouveau dans l'amphithéâtre pour assouvir
la cruauté d'une foule insensée. On les battit
de verges, on les jeta aux bêtes qui les dé-
chirèrent : le peuple voulait une mort plus
cruelle. Sur les cris de l'assemblée, on les
retira de l'arène à demi morts pour les asseoir sur une chaise de fer qu'on fit rougir.
Malgré tout, on ne put réduire leur cons-
tance; Maturus ne poussa pas un soupir,
Sanctus ne prononça d'autres paroles que
celles qu'il avait répondues le premier jour
au proconsul, et qui l'avaient soutenu au
milieu des supplices : *Je suis chrétien.* Furieux de se voir vaincu par l'énergie de ces
hommes sans défense, le peuple ordonna
d'étrangler les deux martyrs. Le tour de
Blandine était venu.

On l'attacha à un poteau, les bras éten-
dus pour l'exposer ainsi aux animaux féro-

ces. Sur son visage fatigué brillait comme
une lueur divine; elle mourait pleine de foi
et d'espérance, car elle mourait pour le
Christ, et par le même supplice. Pour tous
les frères qui la contemplaient, c'était une
joie profonde de voir et d'admirer le courage
de leur sœur; tous se rappelaient le divin
martyr du Calvaire, et tous, bénissant le
Seigneur, faisaient des vœux pour la délivrance et la gloire de Blandine; mais les
bêtes, moins féroces que les hommes, ne
voulurent point toucher au corps de la sainte,
l'effort des bestiaires fut impuissant pour les
animer. Elles rentrèrent en grondant au
fond de leur cage. Au grand déplaisir
des spectateurs il fallut détacher Blandine
et la remettre en prison; on la réservait
pour une nouvelle fête de meurtre et de
sang.

Attale restait le dernier; c'était le plus
odieux, car c'était le plus brave. Suivant

toute apparence, c'était un missionnaire venu
d'Orient, et, après l'évêque Potinus, le prin-
cipal apôtre de l'église de Lyon. Le peuple
demanda à grands cris qu'on fît descendre
Attale dans l'arène. Il y parut le front se-
rein, la tête droite, soutenu par sa conscience, prêt au combat, comme un soldat
du Christ. On lui fit faire le tour de l'amphithéâtre, pour que la foule pût l'insulter
à loisir; devant lui un soldat portait un ta-
bleau où était écrit : *Voici Attale le chrétien.*
Malgré les clameurs du peuple, le proconsul
ne put livrer ce jour-là le martyr au supplice; Attale était un citoyen romain, ce
n'était pas un esclave comme Blandine; il
fallait l'ordre de l'empereur pour le mettre
à mort. Mais on avait écrit à Rome; la réponse de Marc-Aurèle n'était pas douteuse.
L'empereur philosophe écrivait un beau livre
rempli de nobles maximes sur la justice et
l'humanité; mais un chrétien n'avait pas de

droits, ce n'était pas un homme, c'était l'ennemi du genre humain.

Tandis que Blandine attendait en prison
qu'une lettre de César lui permît enfin de
mourir, elle n'était pas inactive. C'était,
disent les contemporains, c'était comme une
mère qui rassemble ses enfants et leur donne
de nouveau la vie. A force de prières et
d'argent, les fidèles se faisaient ouvrir les
prisons, et tous couraient auprès de Blandine pour la saluer du nom de martyre.
Mais son humilité repoussait ce titre hono-
rable. « Ceux-là seuls sont martyrs, disait-
elle, que le Christ a appelés auprès de lui;
la mort qu'ils ont courageusement soufferte
est le sceau de leur gloire; nous ne sommes que de pauvres et humbles confes-
seurs. »

Puis elle prêchait à tous la résignation, le
courage, l'union, et enfin, répandant des
larmes, elle suppliait les frères d'adresser

leurs prières à Dieu pour qu'elle obtînt la mort qui devait l'affranchir.

Il ne manquait pas non plus de païens qui venaient pour séduire les prisonniers par de belles promesses ou pour insulter à ce qu'ils nommaient leurs vaines espérances. Blandine leur parlait avec douceur, mais avec une foi profonde et une liberté sans bornes. Les païens émus sentaient bien que cette femme ne craignait plus rien des hommes, et attendait tout de Dieu. Ils se demandaient d'où venait cette force qui leur manquait, et comment cette débile créature, seule et sans appui, bravait l'injustice et la violence avec plus de fermeté et d'énergie que n'en avaient jamais montrés, en face de l'ennemi, leurs Scipions et leurs Fabius, soutenus par une armée. Il y a une sainte contagion dans le spectacle de la grandeur morale; parmi ces païens venus par curiosité, peut-être y en eut-il plus d'un qui était

entré dans la prison de Blandine en ennemi
de la foi, et qui en sortit déjà chrétien dans
le cœur.

Enfin arriva la lettre de Marc-Aurèle; elle
ordonnait la mort. Pour honorer l'empereur
et rendre la vengeance plus solennelle, le
proconsul attendit un des jours où se tenait
l'assemblée de la province. Assis sur son
tribunal, entouré de ses licteurs et de ses
gardes, au milieu d'une pompe théâtrale, il
se fit amener les chrétiens, et, après de
nouvelles menaces et de nouvelles prières, lut
à chacun d'eux l'arrêt de mort. Les citoyens
romains eurent aussitôt la tête tranchée; les
autres, et Blandine était du nombre, furent
renvoyés aux bêtes; Attale aussi fut épargné
le premier jour : tout citoyen romain qu'il
fût, on l'avait réservé pour l'amphithéâtre,
afin que l'ignominie du supplice fût un châtiment de plus pour ce que le proconsul appelait l'obstination d'un insensé, et ce que

nous appelons aujourd'hui la foi d'un chrétien.

Au jour dit, le peuple emplit le vaste amphithéâtre, criant qu'on livràt les chrétiens
au lion. Quand les grilles s'ouvrirent, il se
fit un profond silence, et alors parurent Attale, Blandine et un enfant de quinze ans
nommé Ponticus. Comme ses devanciers,
Attale souffrit tous les tourments que demanda le caprice ou l'ivresse sanglante de
la foule. Lui aussi, après l'avoir battu de
verges et livré aux bêtes, on le fit asseoir
sur le fauteuil de fer rougi. Au milieu du
supplice, l'injure et la calomnie le poursui-
vaient encore. On lui reprochait de dévorer
des enfants; il se tourna dédaigneusement
vers les lâches qui l'outrageaient, et, leur
montrant ses membres réduits par le feu :
« Voilà, leur dit-il, ce qui s'appelle dévorer
des hommes. Pour nous, loin de dévorer
des enfants, nous ne faisons de mal à per-

sonne. » Et, comme on lui demandait le
nom de son Dieu : « Dieu, répondit-il, n'a
pas de nom, comme nous autres mortels. »
Après cette réponse il mourut.

On avait réservé pour la fin Ponticus et
Blandine, une femme, un enfant. On les avait
forcés d'assister à tous les supplices; on es-
pérait que la vue de tant de souffrances ef-
frayerait et dompterait des âmes aussi sen-
sibles et aussi tendres; on les suppliait de
jurer par les images des dieux, car on sentait ce qu'il y avait d'odieux à écraser ainsi
du même coup la faiblesse et l'innocence.
Tout fut inutile, Blandine et Ponticus étaient
chrétiens. La foule entra alors en fureur et
ne voulut épargner ni l'âge ni le sexe. Ponticus fut le premier saisi; le peuple demanda
qu'on épuisât tous les supplices sur cet enfant. Battu de verges, livré aux bêtes, il résista à toutes les épreuves. Au milieu des
tourments qui le brisaient, on entendait

11

la voix de Blandine qui encourageait son
jeune frère à souffrir des douleurs d'un instant pour conquérir une gloire qui ne fini-
rait pas. Ni menaces ni coups n'arrêtaient
la chrétienne; c'était une mère qui voulait
enfanter son fils à la vie éternelle. Ponticus
résista aussi longtemps que ses forces le lui
permirent, et ce fut en souriant à Blandine
qu'il rendit le dernier soupir.

L'enfant mort et dans le sein de Dieu, on
vit Blandine marcher aux bêtes de l'amphithéâtre, non pas comme une captive qui va
à la mort, mais comme une fiancée qui
prend place au festin nuptial. Sur l'ordre du
peuple, on la suspendit dans un filet, et on
l'exposa ainsi à un taureau indompté. Trois
fois l'animal, de sa corne furieuse, jeta en
l'air la pauvre Blandine; trois fois il la foula
aux pieds, pour assouvir sa rage sur la victime qu'on lui livrait; on n'entendit ni
plaintes ni pleurs, mais seulement quelques

mots de prières, une invocation au Christ
sauveur. Enfin on la tira du filet à demi
morte, et on l'égorgea comme un agneau
qu'on égorge à l'autel.

Le spectacle était fini; mais l'ivresse de la
foule avait cessé; le peuple sortit en silence,
sans jeter au ciel le nom de César. Chacun
se disait que jamais femme n'avait supporté
de tels supplices et n'avait montré un courage plus indompté; le proconsul, qui trem-
blait devant les serviteurs de César, se demandait quelle était donc cette religion
nouvelle, qui affranchit la conscience, chasse
toute frayeur, donne la liberté au milieu des
fers, et met une esclave au-dessus même de
l'empereur.

Blandine n'avait plus rien à craindre des
hommes; c'était elle, maintenant, qui faisait
trembler les ministres de César. Cette dé-
pouille sanglante, ce reste de chair et d'os,
qui avaient échappé à la dent des bêtes et

au fer des bourreaux, voilà ce que craignait
le proconsul. C'étaient là des trésors que se
disputaient les chrétiens. Pour obtenir ces
saintes reliques, un fidèle offrait sa fortune;
si on le refusait, il se glissait dans l'ombre
des nuits pour ravir ce qui, pour lui, était
plus précieux que l'or. Les magistrats n'i-
gnoraient pas que, si ce cadavre leur échappait, on se disputerait chacun des cheveux
de Blandine, et que chacun des possesseurs
serait un nouvel ami de la vérité, un nouvel
ennemi du despotisme impérial. C'est là
qu'était le danger pour tous ces bourreaux
qu'effrayait la pâle figure d'une pauvre
femme qu'ils avaient égorgée.

Pendant six jours on exposa les restes des
martyrs à toutes les injures du temps, à
tous les outrages des hommes; le septième
jour on les brûla, et les cendres furent je-
tées dans le Rhône. Les païens s'imaginaient
ainsi défier Dieu et empêcher la résurrec-

tion qu'attendaient les chrétiens; ils vou-
laient ravir aux fidèles toute espérance, et
en même temps leur ôter tout souvenir. Im-
puissance de la force! Toutes ces violences
ne trahissaient que la crainte. Les siècles
ont passé, le paganisme est tombé, le nom
des bourreaux a disparu sous l'exécration
publique. Mais le nom de Blandine est resté.
De cette douce et courageuse victime, l'É-
glise a fait une sainte, et tant qu'il y aura
des fidèles sur la terre, le cri de Blandine
restera la devise de la société chrétienne :
*Nous sommes chrétiens, et nous ne faisons rien
de mal;* belles et saintes paroles qu'on ne
saurait trop méditer.

C'est ainsi que par sa foi, son amour de
la vérité, son dévouement à Dieu, Blandine,
la pauvre esclave, a mérité de vivre dans
l'histoire. Aussi longtemps qu'il y aura en
France des femmes chrétiennes, elles respec-
teront sa mémoire, elles admireront l'exem-

ple de cette héroïne chrétienne, qui, du sein de sa faiblesse et de ses misères, nous crie qu'on peut toujours s'élever en faisant son devoir; que la véritable grandeur de l'homme est dans son âme, et qu'on ne doit jamais avilir cette âme que Dieu a faite à son image et qui n'appartient qu'à lui.

LA SAGESSE

DES NATIONS

OU LES

VOYAGES DU CAPITAINE JEAN.

I

LE CAPITAINE JEAN.

Quand j'étais enfant (il y a bien longtemps de cela), j'habitais chez mon grand-
père, dans une belle campagne au bord de
la Seine. Je me souviens que nous avions
pour voisin un personnage singulier qu'on
appelait le capitaine Jean. C'était, disait-on,

un ancien marin qui a fait cinq ou six fois le tour du monde. Je le vois encore. C'était un gros homme court et trapu; sa figure était jaune et ridée; il avait un nez crochu

comme le bec d'un aigle, des moustaches blanches et de grandes boucles d'oreilles d'or. Il était toujours habillé de la même façon : l'été, tout en blanc depuis les pieds jusqu'à la tête, avec un large chapeau de paille; l'hiver, tout en bleu, avec un chapeau ciré, des souliers à boucles et des bas chinés. Il habitait seul, sans autre compagnie qu'un gros chien noir, et ne parlait à personne. Aussi le regardait-on comme une espèce de Croquemitaine. Quand je n'étais pas sage, ma bonne ne manquait jamais de me menacer de l'horrible voisin, menace qui me rendait aussitôt obéissant.

Malgré tout, je me sentais attiré par le capitaine. Je n'osais le regarder en face; il me semblait qu'il sortait une flamme de ses petits yeux, cachés par d'épais sourcils, plus blancs que ses moustaches; mais je le suivais en arrière, et, sans savoir comment, je me trouvais toujours sur son chemin. C'est que le marin n'était pas un homme comme les autres. Tous les matins, il était dans une prairie de mon grand-père, assis au bord de l'eau, pêchant à la ligne avec un bonheur qui ne se démentait jamais. Tandis qu'il

était là, immobile et guettant ses goujons, •
je poussais des soupirs d'envie, moi à qui
on défendait d'approcher de la rivière. Et
quelle joie quand le capitaine appelait son
chien, lui mettait une allumette enflammée
dans la gueule, et bourrait tranquillement
sa pipe en regardant la mine effrayée de Fidèle. C'était là un spectacle qui m'amusait
plus que mon rudiment.

A dix ans, on ne cache guère ce qu'on
éprouve ; le capitaine s'aperçut de mon admiration et devina l'ambition qui me ron-
geait le cœur. Un jour que, hissé sur la
pointe du pied, je regardais par-dessus
l'épaule du pêcheur, retenant mon haleine
et suivant d'un long regard la ligne qu'il
promenait sur l'eau :

« Approchez, jeune homme, me dit-il
d'une voix qui retentit à mon oreille comme
un coup de canon; vous êtes un amateur, à
ce que je vois. Si vous êtes capable de vous

tenir tranquille pendant cinq minutes, prenez cette ligne qui est à côté de moi. Voyons comment vous vous en tirerez. »

Dire ce qui se passa dans mon âme serait chose difficile ; j'ai eu quelque plaisir dans ma vie, mais jamais une émotion aussi forte. Je rougis, les larmes me vinrent aux yeux; et me voilà assis sur l'herbe, tenant la ligne qu'avait lancée le marin, plus immobile que Fidèle, et ne regardant pas son maître avec moins de reconnaissance. L'hameçon jeté, le liége trembla :

« Attention! jeune homme, me dit tout bas le capitaine, il y a quelque chose. Rendez la main, ramenez à vous doucement, allongez, et maintenant tirez lentement à vous; fatiguez-moi ce drôle-là. »

J'obéis, et bientôt j'amenai un beau barbillon, avec des moustaches aussi blanches et presque aussi longues que celles du capitaine. O jour glorieux, aucun succès

ne t'a effacé de mon souvenir! Tu es resté
ma plus grande et ma plus douce victoire !

Depuis cette heure fortunée, je devins
l'ami du capitaine. Le lendemain il me tu-
toyait, m'ordonnait d'en faire autant et m'appelait son matelot. Nous étions inséparables ;
on l'aurait plutôt vu sans son chien que
sans moi. Ma mère s'aperçut de cette passion naissante. Comme le marin était un
brave homme, elle tira bon parti de mon
amitié. Quand ma lecture était manquée,
quand il y avait dans ma dictée une orthographe de fantaisie, on m'interdisait la
compagnie de mon bon ami. Le lendemain
(ce qui était plus dur encore), il fallait lui
expliquer la cause de mon absence : Dieu
sait de quelle façon il jurait après moi !
Grâce à cette terreur salutaire, je fis des
progrès rapides. Si je ne fais plus trop de
fautes quand j'écris, je le dois à l'excellent

homme qui, en fait d'orthographe, en savait un peu moins long que moi.

Un jour que je n'avais pas obtenu sans peine de le rejoindre, et que j'avais encore le cœur gros des reproches que j'avais reçus :

« Capitaine, lui dis-je, quand donc lis-tu? quand donc écris-tu?

— Vraiment, répondit-il, cela me serait difficile; je ne sais ni lire ni écrire.

— Tu es bien heureux! m'écriai-je. Tu n'as pas de maîtres, toi, tu t'amuses toujours, tu sais tout sans l'avoir appris.

— Sans l'avoir appris? reprit-il, ne le crois pas; ce que je sais me coûte cher; tu ne voudrais pas de mon savoir au prix qu'il m'a fallu le payer.

— Comment cela, capitaine? On ne t'a jamais grondé, tu as toujours fait ce que tu as voulu.

— C'est ce qui te trompe, mon enfant, me dit-il en adoucissant sa grosse voix et en me

regardant d'un air de bonté; j'ai fait ce
qu'ont voulu les autres, et j'ai eu une terrible maîtresse qui ne donne pas ses leçons
pour rien : on la nomme l'expérience. Elle
ne vaut pas ta mère, je t'en réponds.

— C'est l'expérience qui t'a rendu savant,
capitaine ?

— Savant, non; mais elle m'a enseigné le
peu que je sais. Toi, mon enfant, quand tu
lis un livre, tu profites de l'expérience des
autres; moi, j'ai tout appris à la sueur de
mon corps. Je ne lis pas, c'est vrai, mal-
heureusement pour moi; mais j'ai une bibliothèque qui en vaut bien une autre. Elle
est là, ajouta-t-il en se frappant le front.

— Qu'est-ce qu'il y a dans ta bibliothèque ?

— Un peu de tout : des voyages, de l'in-
dustrie, de la médecine, des proverbes, des
contes. Cela te fait rire? Mon petit homme,
il y a souvent plus de morale dans un conte

que dans toutes les histoires romaines. C'est la sagesse des nations qui les a inventés; grands ou petits, jeunes ou vieux, chacun peut en faire son profit.

— Si tu m'en contais un ou deux, capitaine, tu me rendrais sage comme toi.

— Volontiers, reprit le marin; mais je te préviens que je ne suis pas un diseur de belles paroles; je te réciterai mes contes comme on me les a récités; je te dirai à quelle occasion et quel profit j'en ai tiré. Écoute donc l'histoire de mon premier voyage.

II

PREMIER VOYAGE DU CAPITAINE JEAN.

J'avais douze ans, et j'étais à Marseille, ma
ville natale, quand on m'embarqua comme
mousse à bord d'un brick de commerce
qu'on nommait *la Belle-Émilie*. Nous allions
au Sénégal porter de ces toiles bleues qu'on
appelle des guinées, nous devions rapporter
de la poudre d'or, des dents d'éléphant et
des arachides. Pendant les quinze premiers

jours, le voyage n'eut rien d'intéressant; je
ne me souviens guère que des coups de garcette qu'on m'administrait sans compter,
pour me former le caractère et me donner
de l'esprit, disait-on. Vers la troisième semaine, le brick approcha des côtes d'Anda-
lousie, et, un soir, on jeta l'ancre à quelque distance d'Alméria. La nuit venue, le
second du navire prit son fusil, et s'amusa
à tirer des hirondelles, que je ne voyais pas,
car le soleil était couché depuis longtemps.
Il y avait, par hasard, des chasseurs non
moins obstinés qui se promenaient le long
de la plage, et tiraient de temps en temps
sur leur invisible gibier. Tout à coup on met
la chaloupe à la mer, on m'y jette plus qu'on
ne m'y descend; me voilà occupé à recevoir
et à ranger des ballots qu'on nous passait
du navire, puis on tend la voile, on se di-
rige vers la terre, sans faire de bruit. Je ne
comprenais pas à quoi pouvait servir cette

promenade par une nuit sans étoiles ; mais
un mousse ne raisonne guère ; il obéit sans
rien dire ; sinon, gare les coups de garcette.

La chaloupe aborda sur une plage déserte,
loin du port d'Alméria. Le second, qui nous
commandait, se mit à siffler ; on lui répondit, et bientôt j'entendis des pas d'hommes
et de chevaux. On débarqua les ballots, on
les chargea sur les chevaux, les ânes, les
mulets, qui se trouvaient là fort à propos ;
puis le second, ayant dit aux matelots de
l'attendre jusqu'au point du jour, partit et
m'ordonna de le suivre. On me hisse sur
une mule, entre deux paniers ; nous voilà en
route pour aller je ne sais où.

Au bout d'une heure, on aperçut une petite lumière, vers laquelle on se dirigea. Une
voix cria : *Qui vive !* on répondit : *Les anciens.* Une porte s'ouvre ; nous entrons dans
une auberge habitée par des gens qui n'a-
vaient pas la mine de très-bons chrétiens.

C'étaient, je l'appris bientôt, des bohémiens
et des contrebandiers. Nous faisions un commerce défendu, qui nous exposait aux galè-
res. On ne m'avait pas demandé mon avis.

Le capitaine entra, avec les bohémiens,
dans une salle basse dont on ferma la porte;
on me laissa seul avec une vieille femme
qui préparait le souper : c'était la plus laide
sorcière que j'ai vue de ma vie. Elle me prit
par le bras, me regarda jusqu'au blanc des
yeux : je tremblais malgré moi. Quand elle
m'eut bien examiné, la vieille me parla. Je
fus tout étonné d'entendre son ramage, qui
ressemblait au patois de Marseille. Elle m'attacha un torchon gras autour du corps, me
fit asseoir auprès d'elle, les jambes croisées
sur une natte de jonc et, me jetant un poulet, m'ordonna de le plumer.

Un mousse doit tout savoir, sous peine
d'être battu; je me mis à arracher les plu-
mes de l'animal, en imitant de mon mieux

la vieille, qui, de son côté, en faisait autant
que moi. De temps en temps, pour m'en-
courager, elle me souriait de façon agréable,
en me montrant chaque fois trois grandes
dents jaunes tout ébréchées, seul trésor qui
lui restât dans la bouche. Les poulets plu-

més, il fallut hacher des oignons, éplucher
de l'ail, préparer le pain et la viande. Je fis
de mon mieux, autant par peur de la vieille
que par amitié.

« Eh bien ! la mère, êtes-vous contente ?
lui dis-je quand tous nos préparatifs furent
achevés.

— Oui, mon fils, me dit-elle; tu es un bon garçon, je veux te récompenser. Donne-moi ta main. »

Elle me prit la main, la retourna, et se mit à en suivre toutes les lignes, comme si elle allait me dire la bonne aventure.

« Assez, la mère! lui dis-je en retirant ma main, je suis chrétien, je ne crois pas à tout cela.

— Tu as tort, mon fils, je t'en aurais dit bien long; car, si pauvre et si vieille que je sois, je suis d'un peuple qui sait tout. Nous autres gitanos, nous entendons des voix qui vous échappent, nous parlons avec les animaux de la terre, les oiseaux du ciel et les poissons de la mer.

— Alors, lui dis-je en riant, vous savez l'histoire et les malheurs de ce poulet que j'ai plumé?

— Non, dit la vieille, je ne me suis pas souciée de l'écouter; mais, si tu veux, je te conterai l'histoire de son frère; tu y verras que tôt ou tard on est puni par où on a péché, et que jamais un ingrat n'échappe au châtiment. »

Elle me dit ces derniers mots d'une voix si sombre, que je tressaillis; puis elle commença le conte que voici.

III

HISTOIRE DE COQUERICO[1].

Il y avait une fois une belle poule qui vivait en grande dame dans la basse-cour d'un riche fermier; elle était entourée d'une nombreuse famille qui gloussait autour

1. On trouve cette histoire, fort populaire en Espagne, contée avec quelque différence dans un des plus jolis romans de Fernand Caballero, *le Gaviota ou la Mouette*.

d'elle, et nul ne criait plus fort et ne lui ar-
rachait plus vite les graines du bec qu'un
petit poulet difforme et estropié. C'était justement celui que la mère aimait le mieux;
ainsi sont faites toutes les mères; leurs pré-
férés sont les plus laids. Cet avorton n'avait
d'entier qu'un œil, une patte et une aile; on
eût dit que Salomon eût exécuté sa sentence
mémorable sur Coquerico (c'était le nom de
ce chétif individu) et qu'il l'eût coupé en
deux du fil de sa fameuse épée. Quand on
est borgne, boiteux et manchot, c'est une
belle occasion d'être modeste; notre gueux
de Castille était plus fier que son père, le
coq le mieux éperonné, le plus élégant, le
plus brave et le plus galant qu'on ait jamais vu de Burgos à Madrid. Il se croyait
un phénix de grâce et de beauté, et passait
les plus belles heures du jour à se mirer au
ruisseau. Si l'un de ses frères le heurtait
par hasard, il lui cherchait pouille, l'appe-

lait envieux ou jaloux, et risquait au combat le seul œil qui lui restât; si les poules gloussaient à sa vue, il disait que c'était pour cacher leur dépit, parce qu'il ne daignait même pas les regarder.

Un jour, que sa vanité lui montait à la tête plus que de coutume, il dit à sa mère :

« Écoutez-moi, madame ma mère : l'Espagne m'ennuie, je m'en vais à Rome; je veux voir le pape et les cardinaux.

— Y penses-tu, mon enfant? s'écria la pauvre poule. Qui t'a mis dans la cervelle une telle folie? Jamais, dans notre famille, on n'est sorti de son pays; aussi sommes-nous l'honneur de notre race : nous pouvons montrer notre généalogie. Où trouveras-tu une basse-cour comme celle-ci, des mûriers pour t'abriter, un poulailler blanchi à la chaux, un fumier magnifique, des vers et des grains partout, des frères qui t'aiment, et trois chiens qui te gardent du renard? Crois-

tu qu'à Rome même tu ne regretteras pas
l'abondance et la douceur d'une pareille
vie? »

Coquerico haussa son aile manchotte en
signe de dédain.

« Ma mère, dit-il, vous êtes une bonne
femme; tout est beau à qui n'a jamais quitté
son fumier; mais j'ai déjà assez d'esprit pour
voir que mes frères n'ont pas d'idée, et
que mes cousins sont des rustres. Mon génie
étouffe dans ce trou, je veux courir le monde
et faire fortune.

— Mais, mon fils, reprit la pauvre mère
poule, t'es-tu jamais regardé dans la mare?
Ne sais-tu pas qu'il te manque un œil, une
patte et une aile. Pour faire fortune, il faut
des yeux de renard, des pattes d'araignée et
des ailes de vautour. Une fois hors d'ici tu
es perdu.

— Ma mère, répondit Coquerico, quand
une poule couve un canard, elle s'effraye

toujours de le voir courir à l'eau. Vous ne me connaissez pas davantage. Ma nature à moi, c'est de réussir par mes talents et mon esprit; il me faut un public qui soit capable de sentir les agréments de ma personne; ma place n'est pas parmi les petites gens.

— Quand la poule vit que tous les sermons étaient inutiles, elle dit à Coquerico :

— Mon fils, écoute au moins les derniers conseils de ta mère. Si tu vas à Rome, évite de passer devant l'église de saint Pierre; le saint, à ce qu'on dit, n'aime pas beaucoup les coqs, surtout quand ils chantent. Fuis aussi certains personnages qu'on nomme cuisiniers et marmitons : tu les reconnaîtras à leur bonnet blanc, à leur tablier retroussé et à la gaîne qu'ils portent au côté. Ce sont des assassins patentés qui nous traquent sans pitié, ils nous coupent le cou sans nous laisser le temps de dire *miserere!* Et maintenant, mon enfant, ajouta-t-elle en levant la patte, reçois ma bénédiction et que saint Jacques te protége : c'est le patron des pèlerins. »

Coquerico ne fit pas semblant de voir qu'il y avait une larme dans l'œil de sa mère, il ne s'inquiéta pas davantage de son père, qui cependant dressait sa crête au vent et semblait l'appeler; sans se soucier de ceux qu'il laissait derrière lui, il se glissa par la

porte entr'ouverte; à peine dehors il battit de l'aile et chanta trois fois pour célébrer sa liberté : *Coquerico, Coquerico, Coquerico !*

Comme il courait à travers champs, moitié volant, moitié sautant, il arriva au lit d'un ruisseau que le soleil avait mis à sec. Cependant, au milieu du sable on voyait encore un filet d'eau, mais si mince que deux feuilles tombées l'arrêtaient au passage.

Quand le ruisseau aperçut notre voyageur il lui dit :

« Mon ami, tu vois ma faiblesse ; je n'ai même pas la force d'emporter ces feuilles qui me barrent le chemin, encore moins de faire un détour, car je suis exténué. D'un coup de bec tu peux me rendre la vie. Je ne suis pas un ingrat ; si tu m'obliges, tu peux compter sur ma reconnaissance au premier jour de pluie, quand l'eau du ciel m'aura rendu mes forces.

— Tu plaisantes ! dit Coquerico. Ai-je la figure d'un balayeur de ruisseau ? Adresse-toi à gens de ton espèce, » ajouta-t-il ; et de sa bonne patte il sauta par-dessus le filet d'eau.

« Tu te souviendras de moi quand tu y penseras le moins ! » murmura le ruisseau, mais d'une voix si faible que l'orgueilleux ne l'entendit pas.

Un peu plus loin, notre maître coq aperçut le vent tout abattu et tout essoufflé.

« Cher Coquerico, lui dit-il, viens à mon aide ; ici-bas on a besoin les uns des autres. Tu vois où m'a réduit la chaleur du jour ; moi qui en d'autres temps déracine les oliviers et soulève les mers, me voilà tué par la canicule. Je me suis laissé endormir par le parfum de ces roses avec lesquelles je jouais, et me voici par terre presque évanoui. Si tu voulais me lever à deux pouces du sol avec ton bec, et m'éven-

ter un peu avec ton aile, j'aurais la force
de m'élever jusqu'à ces nuages blancs que
j'aperçois là-haut, poussés par un de mes
frères, et je recevrais de ma famille quelque
secours qui me permettrait d'exister jusqu'à
ce que j'hérite du premier ouragan.

« Monseigneur, répondit le maudit Coquerico, Votre Excellence s'est amusée plus
d'une fois à me jouer de mauvais tours. Il
n'y a pas huit jours encore que, se glissant
en traître derrière moi, Votre Seigneurie s'est
divertie à m'ouvrir la queue en éventail, et
m'a couvert de confusion à la face des nations. Patience donc, mon digne ami, les
railleurs ont leur tour; il leur est bon de
faire pénitence et d'apprendre à respecter
certains personnages qui, par leur naissance,
leur beauté et leur esprit devraient être à
l'abri contre les plaisanteries d'un sot.

Sur quoi Coquerico, se pavanant, se mit à
chanter trois fois de sa voix la plus rauque,

Coquerico, Coquerico, Coquerico! et il passa fièrement son chemin.

Dans un champ nouvellement moissonné où les laboureurs avaient amassé de mauvaises herbes fraîchement arrachées, la fumée sortait d'un monceau d'ivraie et de glaïeul. Coquerico s'approcha pour picorer, et vit une petite flamme qui noircissait les tiges encore vertes, sans pouvoir les allumer.

« Mon bon ami, cria la flamme au nouveau venu, tu viens à point pour me sauver la vie; faute d'aliment, je me meurs. Je ne sais où s'amuse mon cousin le vent, qui n'en fait jamais d'autres; apporte-moi quelques brins de paille sèche pour me ranimer. Ce n'est pas une ingrate que tu obligeras.

— Attends-moi, pensa Coquerico, je vais te servir comme tu le mérites, insolente qui oses t'adresser à moi! Et voilà le poulet qui saute sur le tas d'herbes humides et qui le

presse si fort contre terre, qu'on n'entendit
plus le craquement de la flamme et qu'il ne

sortit plus de fu-
mée. Sur quoi, maî-
tre Coquerico, sui-
vant son habitude,
se mit à chanter
trois fois : *Coque-*
rico, Coquerico, Coquerico! puis il battit de
l'aile, comme s'il avait achevé les exploits
d'Amadis.

Toujours courant, toujours gloussant, Coquerico finit par arriver à Rome : c'est là que
mènent tous les chemins. A peine dans la
ville, il courut droit à la grande église de
Saint-Pierre. L'admirer, il n'y songea guères ;
il se plaça en face de la porte principale, et,
quoique au milieu de la colonnade, il ne parut pas plus gros qu'une mouche, il se hissa
sur son ergot et se mit à chanter : *Coque-*
rico, Coquerico, Coquerico! rien que pour

faire enrager le saint et désobéir à sa mère.

Il n'avait pas fini qu'un Suisse, de la garde du saint-père, qui l'entendit crier, mit

la main sur l'insolent et l'emporta chez lui pour en faire son souper.

« Tiens, dit le Suisse, en montrant Coquerico à sa ménagère, donne-moi vite de l'eau bouillante pour plumer ce pénitent-là.

— Grâce ! grâce, madame l'Eau ! s'écria Coquericot. Eau si douce, si bonne, la plus belle et la meilleure chose du monde, par pitié, ne m'échaude pas !

— As-tu donc eu pitié de moi, quand je

t'ai imploré, ingrat?» répondit l'eau qui bouil-
lait de colère. D'un seul coup elle l'inonda
du haut jusqu'en bas, et ne lui laissa pas
un brin de duvet sur le corps.

Le Suisse prit alors le malheureux poulet
et le mit sur le gril.

« Feu, ne me brûle pas! cria Coquerico.
Toi qui es si brillant, frère du soleil, cousin
du diamant, épargne un misérable; contiens
ton ardeur, adoucis ta flamme, ne me rôtis
pas.

— As-tu eu pitié de moi quand je t'im-
plorais, ingrat? » répondit le feu qui pétillait
de colère; et d'un jet de flamme il fit de
Coquerico un charbon.

Quand le Suisse aperçut son rôti dans ce
triste état, il tira le poulet par la patte et le
jeta par la fenêtre. Le vent l'emporta sur un
tas de fumier.

« O vent! murmura Coquerico qui respi-
rait encore, zéphyr bienfaisant, souffle pro-

tecteur, me voici revenu de mes vaines folies; laisse-moi reposer sur le fumier paternel.

— Te reposer! rugit le vent. Attends, je vais t'apprendre comme je traite les ingrats. »

Et d'un souffle il l'envoya si haut dans l'air, que Coquerico, en retombant, s'embrocha sur le haut d'un clocher.

C'est là que l'attendait saint Pierre. De sa propre main, le saint cloua Coquerico sur le plus haut clocher de Rome. On le montre encore aux voyageurs; si haut placé qu'il soit, chacun le méprise, parce qu'il tourne au moindre vent; il est noir, sec, déplumé, battu par la pluie; il ne s'appelle plus Coquerico, mais girouette; c'est ainsi qu'il paye et payera éternellement sa désobéissance à sa mère, sa vanité, son insolence et surtout sa méchanceté.

IV

LA BOHÉMIENNE.

Quand la vieille eut achevé son conte, elle porta le souper au second et à ses amis ; je l'aidai dans cette besogne, et, pour ma part, je plaçai sur la table deux grandes peaux de chèvre toutes pleines de vin ; après quoi, je retournai à la cuisine avec la bohémienne ; ce fut notre tour de manger.

Il y avait déjà quelque temps que notre

repas était achevé, et je causais amicalement
avec ma vieille hôtesse, quand tout à coup
on entendit du bruit, des imprécations, des
jurements dans la salle du souper. Le second
sortit bientôt; il avait à la main la hache
qu'il portait d'ordinaire à la ceinture, il en
menaçait ses compagnons de table, qui tous
tenaient leur couteau à demi caché dans la
main. On se querellait pour les comptes, car
un des contrebandiers tenait un sac plein de
piastres qu'il refusait de livrer; l'intérêt et
l'ivresse empêchaient qu'on ne s'entendît.

Ce qu'il y a de singulier, c'est qu'on venait de chercher la vieille pour trancher la
question. Elle avait sur ces hommes une
grande autorité qu'elle devait sans doute à
sa réputation de sorcière; on la méprisait,
mais on en avait peur. La bohémienne écouta
tous ces cris qui se croisaient, puis elle
compta sur ses doigts ballots et piastres, et
enfin donna tort au second.

« Misérable ! s'écria celui-ci, c'est toi qui payeras pour ce tas de voleurs ! »

Il leva sa hache ; je me jetai en avant pour lui arrêter le bras, et je reçus un coup qui m'estropia le pouce pour le reste de mes jours. Première leçon que me vendait l'expérience, et qui m'a donné l'horreur de l'ivresse pour le reste de mes jours.

Furieux d'avoir manqué sa victime, le second me renverse à terre d'un coup de pied ; il se jetait de nouveau sur la vieille, quand, soudain, je le vois s'arrêter, porter ses mains à son ventre, en retirer un long couteau tout sanglant, s'écrier qu'il est un homme mort, et tomber.

Cette terrible scène ne dura pas le temps que je prends pour la conter.

On fit silence autour du cadavre ; puis bientôt les cris recommencèrent, mais cette fois on parlait une langue que je n'entendais pas, la langue des bohémiens. Un des con-

trebandiers montrait le sac d'argent, un autre me secouait par le collet comme s'il voulait m'étrangler, un troisième me prenait par
le bras et me tirait à lui; au milieu de ce
vacarme, la vieille allait de l'un à l'autre,
criant plus fort que toute la bande, portant
les mains à sa tête, puis prenant mon bras
et montrant mon pouce ensanglanté et presque détaché. Je commençais à comprendre.
Évidemment il y avait des contrebandiers
qui pensaient à profiter de l'occasion, et qui,
pour avoir à bon marché tout ce que nous
apportions, proposaient de se débarrasser de
moi et de garder l'argent. J'allais payer de
ma vie la faute de me trouver, malgré moi,
en mauvaise compagnie; c'est encore une
leçon qui m'a coûté cher, mais qui m'a
servi.

Heureusement pour moi la vieille l'emporta. Un grand coquin, que sa figure pen-
dable eût fait reconnaître au milieu de tous

ces honnêtes gens, se fit mon défenseur ; il
me mit près de lui avec la bohémienne, et,

tenant à la main la hache du second, il fit
un discours que je n'entendis pas, mais dont
je ne perdis pas un mot ; j'aurais pu le tra-
duire ainsi : « Cet enfant a sauvé ma mère ;
je le prends sous ma garde ; le premier qui
y touche, je l'abats. »

C'était la seule éloquence qui pouvait me
sauver ; un quart d'heure après tout ce bruit,
ma blessure était pansée avec de la poudre
et de l'eau-de-vie ; on m'avait monté sur une
mule ; dans un des paniers était le paquet
de piastres, à côté de moi, en travers, on
avait placé un grand sac qui pendait des
deux côtés. Le bohémien, mon sauveur, m'ac-
compagnait seul, un pistolet à chaque poing.

Arrivés à la plage, mon conducteur appela le capitaine qui se trouvait dans la chaloupe, il eut avec lui à terre une longue et
vive conversation. Après quoi il m'embrassa,
me remit l'argent et me dit : « Un *roumi*[1]
paye le bien par le bien, et le mal par le
mal. Pas un mot de ce que tu as vu, ou tu es
mort. »

J'entrai alors dans la chaloupe avec le ca-

---

1. C'est le nom que se donnent entre eux les bohémiens.

pitaine, qui fit jeter dans un coin le sac,
porté par deux matelots. Une fois à bord on
m'envoya coucher, j'eus grand'peine à m'endormir, mais la fatigue l'emporta sur l'agitation; quand je m'éveillai il était midi. Je
craignais d'être battu; mais j'appris qu'on
n'avait pas levé l'ancre : un malheur arrivé
à bord en était la cause; le second, me dit-
on, était mort subitement d'une attaque d'a-
poplexie pour avoir trop bu d'eau-de-vie; le
matin même on l'avait jeté à la mer, cousu
dans un sac, un boulet aux pieds. Sa mort
n'attristait personne; il était fort méchant, et
on profitait de sa part dans l'expédition. Une
heure après ces funérailles, on mettait à la
voile, nous marchions sur Malaga et Gibral-
tar.

V

CONTES NOIRS.

Le reste du voyage se passa sans accident;
une fois sûr de ma discrétion, le capitaine
me prit en amitié; quand nous descendîmes
à terre, à Saint-Louis du Sénégal, il me
garda à son service, et me fit demeurer avec
lui.

Pendant le temps que je restai dans ce
pays nouveau, je ne voulus rien négliger de

ce qui pouvait m'instruire. Les nègres qui nous entouraient de tous côtés parlaient une langue que personne ne voulait se donner la peine d'apprendre : Ce sont des sauvages, répétait mon capitaine, après cela tout était dit.

Pour moi qui rôdais dans la ville, je me fis bientôt des amis parmi ces pauvres nègres, si affectueux et si bons. Moitié patois, moitié signes, nous finissions toujours par nous entendre; je causai si souvent avec eux de choses et d'autres, que j'en vins à parler leur langue, comme si le bon Dieu m'avait fait naître avec une peau de taupe. — Qui s'embarque sans savoir la langue du pays où il va, dit un proverbe, ne va pas en voyage, il va à l'école. — Le proverbe avait raison, j'appris par expérience que les nègres n'étaient ni moins intelligents ni moins fins que nous.

Parmi ceux que je voyais le plus souvent,

était un tailleur qui aimait beaucoup à causer, et qui ne perdait jamais une occasion de
me prouver, dans sa langue, que les noirs
avaient plus d'esprit que les blancs.

« Sais-tu, me dit-il un jour, comment je
me suis marié ?

— Non, lui dis-je, je sais que tu as une
femme qui est une des ouvrières les plus
habiles de Saint-Louis, mais tu ne m'as pas
dit comment tu l'as choisie.

— C'est elle qui a choisi et non pas moi,
me dit-il, cela seul te prouve combien nos
femmes ont d'intelligence et de sens. Écoute
mon récit, il t'intéressera. »

L'histoire du tailleur.

Il y avait une fois un tailleur (c'était mon
futur beau-père) qui avait une fort belle fille
à marier, tous les jeunes gens la recherchaient

à cause de sa beauté. Deux rivaux (tu en connais un) vinrent un jour trouver la belle et lui dirent :

« C'est pour toi que nous sommes ici.

— Que me voulez-vous ? répondit-elle en souriant.

— Nous t'aimons, reprirent les deux jeunes gens, chacun de nous désire t'épouser. »

La belle était une fille bien élevée, elle appela son père qui écouta les deux prétendants et leur dit :

« Il se fait tard, retirez-vous, et revenez demain ; vous saurez alors qui des deux aura ma fille. »

Le lendemain, au point du jour, les deux jeunes gens étaient de retour.

« Nous voici, crièrent-ils au tailleur, rappelez-vous ce que vous nous avez promis hier.

— Attendez, répondit-il, je vais au marché acheter une pièce de drap, quand je l'aurai rapportée à la maison, vous saurez ce que j'attends de vous. »

Quand le tailleur revint du marché, il appela sa fille, et lorsqu'elle fut venue, il dit aux jeunes gens :

« Mes fils, vous êtes deux, et je n'ai qu'une fille. A qui faut-il que je la donne ? à qui faut-il que je la refuse ? Voyez cette pièce de drap : j'y taillerai deux vêtements pareils ; chacun de vous en coudra un, celui qui le premier aura fini sera mon gendre. »

Chacun des deux rivaux prit sa tâche et se prépara à coudre sous les yeux du maître. Le père appela sa fille et lui dit :

« Voici du fil, tu le prépareras pour ces deux ouvriers. »

La fille obéit à son père, elle prit le fil et s'assit près des jeunes gens.

Mais la belle était fine ; le père ne savait pas qui elle aimait, les jeunes gens ne le

savaient pas davantage; mais la jeune fille
le savait déjà. Le tailleur sortit; la jeune
fille prépara le fil, les jeunes gens prirent
leurs aiguilles et commencèrent à coudre.
Mais à celui qu'elle aimait (tu m'entends) la
belle donnait des aiguillées courtes, tandis
qu'elle donnait des aiguillées longues à celui
qu'elle n'aimait pas. Chacun cousait, cousait
avec une ardeur extrême, à onze heures

l'œuvre était à peine à moitié; mais à trois
heures de l'après-midi, mon ami, le jeune
homme aux courtes aiguillées, avait achevé

sa tâche, tandis que l'autre était bien loin
d'avoir fini.

Quand le tailleur rentra, le vainqueur lui
porta le vêtement terminé ; son rival cousait
toujours.

« Mes enfants, dit le père, je n'ai voulu
favoriser ni l'un ni l'autre d'entre vous, c'est
pourquoi j'ai partagé cette pièce de drap en
deux portions égales, et je vous ai dit : Celui
qui finira le premier sera mon gendre.
Avez-vous bien compris cela ?

— Père, répondirent les deux jeunes gens,
nous avons compris ta parole et accepté
l'épreuve ; ce qui est fait est bien fait. »

Le tailleur avait raisonné ainsi : Celui qui
finira le premier sera l'ouvrier le plus habile,
par conséquent ce sera celui qui soutiendra
le mieux son ménage ; il n'avait pas deviné
que sa fille ferait des aiguillées courtes pour
celui qu'elle aimait et des aiguillées longues
pour celui dont elle ne voulait pas. C'était

l'esprit qui décidait l'épreuve, c'était la belle qui se choisissait elle-même son mari.

Et maintenant, avant de conter mon histoire aux belles dames d'Europe, demande-leur ce qu'elles auraient fait à la place de la négresse, tu verras si la plus fine n'est pas embarrassée.

Tandis que le tailleur me contait son mariage, sa femme était entrée et travaillait sans rien dire, comme si ce récit ne la concernait pas.

« Les filles de votre pays ne sont pas bêtes, lui dis-je en riant; il me semble qu'elles ont plus d'esprit que leurs maris.

— C'est que nous avons reçu de nos mères une bonne éducation, me répondit-elle. On nous a toutes bercées avec l'histoire de la Belette.

— Contez-moi cette histoire, je vous en prie; je l'emporterai aussi en Europe, pour

en faire le profit de ma femme, quand je me
marierai.

— Volontiers, me dit-elle ; cette histoire,
la voici. »

La belette et son mari.

Dame Belette mit au monde un fils, puis
elle appela son mari et lui dit :

« Cherche-moi des langes comme je les
aime et apporte-les-moi. »

Le mari écouta les paroles de sa femme
et lui dit :

« Quels sont ces langes que tu aimes ? »

Et la Belette répondit :

« Je veux la peau d'un éléphant. »

Le pauvre mari resta stupéfait de cette
exigence, et demanda à sa chère moitié si
par hasard elle n'aurait point perdu la tête ;
pour toute réponse, la Belette lui jeta l'en-

fant sur les bras et partit aussitôt. Elle alla
trouver le Ver-de-Terre et lui dit :

« Compère, ma terre est pleine de gazon,
aide-moi à la remuer. »

Une fois le Ver en train de fouiller, la
Belette appela la Poule :

« Commère, lui dit-elle, mon gazon est
rempli de Vers, nous aurons besoin de votre
secours. »

La Poule courut aussitôt, mangea le Ver
et se mit à gratter le sol.

Un peu plus loin, la Belette rencontra le
Chat :

« Compère, lui dit-elle, il y a des Poules
sur mon terrain ; en mon absence, vous de-
vriez faire un tour de ce côté. »

Un instant après le Chat avait mangé la
Poule.

Tandis que le Chat se régalait de la sorte,
la Belette dit au chien : « Patron, laisserez-
vous le Chat en possession de ce domaine ? »

Le Chien furieux courut étrangler le Chat,
ne voulant pas qu'il y eût en ce pays d'autre
maître que lui.

Le Lion passant par là, la Belette le salua
avec respect : « Monseigneur, lui dit-elle,
n'approchez pas de ce champ, il appartient
au Chien, » sur quoi le Lion, plein de ja-
lousie, fondit sur le Chien et le dévora.

Ce fut le tour de l'Éléphant; la Belette lui
demanda son appui contre le Lion, l'Éléphant entra en protecteur sur le terrain de
celle qui l'implorait. Mais il ne connaissait
pas la perfidie de la Belette, qui avait creusé
un grand trou et l'avait recouvert de feuil-
lage. L'Éléphant tomba dans le piége et se

tua en tombant; le Lion, qui avait peur de l'Éléphant, se sauva dans la forêt.

La Belette alors prit la peau de l'Éléphant et la porta à son mari, en lui disant :

« Je t'ai demandé la peau de l'Éléphant; avec l'aide de Dieu, je l'ai eue, et je te l'apporte. »

Le mari de la Belette n'avait pas deviné que sa femme était plus fine que toutes les bêtes de la terre; encore moins avait-il pensé que la dame était plus fine que lui. Il le comprit alors, et voilà pourquoi nous disons aujourd'hui : Il est aussi fin que la Belette.

L'histoire est finie.

Ce ne furent pas seulement des contes que j'appris avec les nègres; je connus bientôt leur façon de faire le commerce, leurs idées, leurs habitudes, leur morale, leurs proverbes, et je fis mon profit de leur sagesse.

Par exemple, ces bonnes gens, qui ainsi que moi ne savent ni lire ni écrire, ont, comme les Arabes et les Indiens, une façon de graver les choses dans la mémoire de leurs enfants, en leur faisant deviner des énigmes; il y en a qui valent un gros livre par l'enseignement qu'elles renferment.

« Ainsi, ajouta le capitaine, en me donnant une tape sur la tête, ce qui était son grand signe d'amitié, devine-moi celle-ci :

« Dis-moi ce que j'aime, ce qui m'aime et ce qui fait toujours ce qu'il me plaît. »

— C'est ton chien, capitaine; tu as regardé Fidèle en parlant.

— Bravo, mon matelot. Continuons :

« Dis-moi ce que tu aimes un peu, ce qui t'aime beaucoup et qui fait toujours ce qu'il me plaît. »

— Tu donnes ta langue au chien; c'est ta mère; mon petit homme; tu ne crois pas qu'elle fasse toujours ce que tu veux, l'expé-

14

rience t'apprendra que ce n'est jamais à elle
qu'elle pense quand il s'agit de toi.

— Dis-moi celle que ton père aime beaucoup, qui l'aime beaucoup et lui fait faire
tout ce qu'il lui plaît.

— On ne fait jamais faire à papa ce qu'il
ne veut pas, capitaine ; maman le répète
tous les jours. Mais ma sœur est mal élevée,
elle rit toujours quand maman dit cela.

— C'est que ta sœur a deviné le mot de
l'énigme, mon matelot. Ah ! si j'avais eu
une fille, je l'aurais bien forcée à me commander son caprice du matin au soir. »

Reste encore une énigme : « Qu'est-ce
qu'on aime ou qu'on n'aime pas, qui vous
aime ou qui ne vous aime pas, mais qui
vous fait toujours faire ce qu'il lui plaît ? »

— Je ne sais pas, capitaine.

— Eh bien ! me dit-il d'un air goguenard,
demande ce soir à ton papa. »

Je ne manquai pas à la recommandation

du marin ; je racontai à table tout ce que j'avais appris dans la journée ; les contes nègres amusèrent beaucoup ma mère ; les énigmes eurent un succès complet, mais quand j'en vins à la dernière, mon père se mit à rire.

« Ce n'est pas difficile à deviner, mon garçon, je vais te le dire.... »

Sur quoi ma mère regarda mon père ; je ne sais pas ce qu'il lut dans ses yeux, mais il resta court.

« Dis-le-moi donc, papa, je veux le savoir.

— Si vous ne vous taisez pas, monsieur, me dit ma mère d'un ton sévère, je vous envoie au jardin sans dessert.

— Ah ! » dit mon père.

Cet ah ! me rendit du courage, je donnai un coup de poing sur la table : « Mais parle donc, papa ! »

Ma mère fit mine de se lever ; mon père

la prévint; en un instant je me trouvai dans le jardin, tout en larmes, avec une grande tartine de pain sec à la main.

Voilà comment je n'ai jamais su le mot de la dernière énigme. S'il y en a de plus habiles que moi, qu'ils le devinent, sinon qu'ils aillent au Sénégal; peut-être la femme du tailleur leur apprendra-t-elle le secret que ma mère ne m'a jamais dit.

VI

LE SECOND VOYAGE DU CAPITAINE JEAN.

Mes causeries avec les nègres avaient fait
de moi un interprète et un courtier ; le capitaine avait en mon zèle une pleine con-
fiance ; malgré mon âge, c'est moi qui trai-
tais avec tous les marchands. La cargaison
fut bientôt faite à des conditions excellen-
tes, et à mon retour à Marseille, j'eus, outre
ma part, un beau et riche cadeau des arma-

teurs. Ma réputation commençait, et après quelques voyages dans la Méditerranée, on m'offrit de partir pour l'Orient comme su-brécargue d'un brick de la plus belle taille; je n'avais pas vingt ans.

Qui m'avait valu une si belle condition ? Mon travail. Partout où j'avais abordé, j'a-vais fait connaissance avec les matelots de tous pays, Grecs, Levantins, Dalmates, Russes, Italiens, et je parlais un peu la langue de tous ces gens-là. Le navire allait chercher des grains dans la mer Noire, à l'embouchure du Danube : il fallait un homme qui baragouinât tous les patois ; on m'avait trouvé sous la main, et quoique je n'eusse guère de barbe au menton, on m'a-vait pris.

Me voilà donc en mer, et cette fois pour mon compte, faisant un commerce loyal, et n'étant l'esclave que de mon devoir. Dieu sait si je prenais de la peine pour défendre l'intérêt de mes armateurs! En arrivant à Constantinople, je trouvai moyen de placer notre cargaison d'articles divers à des conditions avantageuses, et nous partîmes pour Galatz, bien munis de piastres d'Espagne et de lettres de change. En entrant dans la mer Noire, notre navire portait des passagers de toute langue et de toute nation. L'un des plus singuliers était un Dalmate qui retournait chez lui par le Danube. Il était tout le jour assis à l'avant, tenant entre ses jambes un long violon qui n'avait qu'une corde, c'est ce que les Serbes nomment la *guzla*; il grattait cette corde avec un archet et chantait d'un ton plaintif et dans une langue douce et sonore les chansons de son pays : celles-ci, par exemple, qu'il récitait tous les soirs à la clarté des étoiles, et que je n'ai pas oubliées :

Le chant du soldat.

« Je suis un jeune soldat, toujours, toujours à l'étranger.

— Quand j'ai quitté mon bon père, la lune brillait au ciel.

— La lune brille au ciel; j'entends mon père qui me pleure.

— Quand j'ai quitté ma bonne mère, le soleil brillait au ciel.

— Le soleil brille au ciel, j'entends ma mère qui me pleure.

— Quand j'ai quitté mes frères chéris, les étoiles brillaient au ciel.

— Les étoiles brillent au ciel, j'entends mes frères qui me pleurent.

— Quand j'ai quitté mes sœurs chéries, les pivoines étaient en fleur.

— Voici la pivoine qui fleurit, j'entends mes sœurs qui me pleurent.

— Quand j'ai quitté ma bien-aimée, les lis fleurissaient au jardin.

— Voici le lis en fleur, j'entends ma bien-aimée qui me pleure.

« Il faut que ces larmes sèchent, demain je veux partir d'ici.

« Je suis un jeune soldat, toujours, toujours à l'étranger. »

Le chant du fiancé.

« Vois cet oiseau, vois ce faucon qui s'élève au plus haut des cieux. Si je pouvais le prendre et l'enfermer dans ma chambre !

« Cher oiseau, faucon au beau plumage, apporte-moi quelque nouvelle.

— Volontiers, mais je ne te dirai rien d'heureux. Avec un autre s'est fiancée ta bien-aimée.

— Valet, selle mon alezan; moi aussi, je veux être là.

« Quand elle est entrée dans l'église, c'était encore une simple fille; maintenant, assise sur ce banc magnifique, c'est une grande dame.

« Vois-tu la lune qui s'élève entre deux petites étoiles? C'est ma bien-aimée entre ses deux belles-sœurs.

« Quand elle va pour se fiancer, je l'arrête au passage. Chère enfant, rends-moi l'anneau que j'ai acheté.

— Va maintenant, va, mon enfant, et point de reproche; oui, c'est mon pauvre cœur qui pleure, mais ce n'est pas de toi qu'il se plaint. »

La mer Noire n'est pas toujours commode; j'ai traversé plus d'une fois les deux Océans, et je connais leurs tempêtes; mais je crains moins leurs longues vagues qui déferlent

contre le navire que ces petits flots pressés
qui roulent et fatiguent un vaisseau, et qui,
tout à coup, s'entr'ouvrent comme un abîme.
Depuis deux jours et deux nuits nous étions
en perdition, et personne ne pouvait tenir sur
le pont, hormis mon Dalmate, qui s'était at-
taché à un des bancs par la ceinture, et qui,

tout mouillé qu'il était, chantait toujours les
airs de son pays.

« Seigneur Dalmate, lui dis-je en un moment où le vent et la mer nous laissaient un
peu respirer, je vois que vous êtes un brave,
vous n'avez pas peur du naufrage.

— Qui peut empêcher sa destinée? me dit-il en raclant son violon; le plus sage est de s'y résigner.

— Voilà parler comme un Turc, lui répondis-je; un chrétien n'est pas si patient.

— Pourquoi ne serait-on pas chrétien et résigné à la volonté divine? reprit-il. Ce que Dieu nous promet, c'est le ciel si nous sommes honnêtes gens; il ne nous a jamais promis la santé, la richesse, le salut en mer et autres choses passagères. Tout cela est abandonné à une puissance secondaire qui n'a d'empire que sur la terre; ceux qui l'ont vue la nomment le *Destin*.

— Comment, m'écriai-je, ceux qui l'ont vue? Vous croyez donc que le Destin existe?

— Pourquoi non? me répondit-il tranquillement. Si vous en doutez, écoutez cette histoire; les principaux acteurs vivent encore au Cattaro; ce sont mes cousins, je vous les montrerai quand vous reviendrez. »

VII

LE DESTIN.

Il y avait une fois deux frères qui vivaient
ensemble au même ménage; l'un faisait tout,
tandis que l'autre était un indolent qui ne
s'occupait que de boire et de manger. Les
récoltes étaient toujours magnifiques, ils
avaient en abondance bœufs, chevaux, moutons, porcs, abeilles et le reste.

L'aîné, qui faisait tout, se dit un jour :

15

Pourquoi travailler pour cet indolent? Mieux
vaut nous séparer; je travaillerai pour moi
seul, et il fera alors ce que bon lui semblera.
Il dit donc à son frère :

« Mon frère, il est injuste que je m'occupe
de tout, tandis que tu ne veux m'aider en
rien et ne penses qu'à boire et à manger; il
faut nous séparer. »

L'autre essaya de le détourner de ce projet
en lui disant :

« Frère, ne fais pas cela; nous sommes si
bien! Tu as tout entre les mains, aussi bien
ce qui est à toi que ce qui est à moi, et tu sais
que je suis toujours content de ce que tu fais
et de ce que tu ordonnes. »

Mais l'aîné persista dans sa résolution, si
bien que le cadet dut céder, et lui dit :

« Puisqu'il en est ainsi, je ne t'en voudrai
pas pour cela; fais le partage comme il te
plaira. »

Le partage fait, chacun choisit son lot.

L'indolent prit un bouvier pour ses bœufs,
un pasteur pour ses chevaux, un berger pour
ses brebis, un chevrier pour ses chèvres, un
porcher pour ses porcs, un gardien pour ses
abeilles, et leur dit à tous :

« Je vous confie mon bien; que Dieu vous
surveille. »

Et il continua de vivre dans sa maison
sans plus de souci qu'auparavant.

L'aîné, au contraire, se fatigua pour sa
part autant qu'il avait fait pour le bien
commun : il garda lui-même ses troupeaux,
ayant l'œil à tout; malgré cela, il ne trouva
partout que mauvais succès et dommage; de
de jour en jour tout lui tournait à mal, jusqu'à ce qu'enfin il devint si pauvre, qu'il
n'avait même plus une paire d'opanques[1],
et qu'il allait nu-pieds. Alors il se dit :

1. C'est la chaussure des Serbes, qui est faite avec
des lanières de cuir.

« J'irai chez mon frère voir comment les choses vont chez lui. »

Son chemin le menait dans une prairie où paissait un troupeau de brebis, et quand

il s'en approcha, il vit que les brebis n'avaient point de berger. Près d'elles seulement était assise une belle jeune fille qui filait un fil d'or.

Après avoir salué la fille d'un « Dieu te protége ! » il lui demanda à qui était ce troupeau ; elle lui répondit :

« A qui j'appartiens appartiennent aussi ces brebis.

— Et qui es-tu ? continua-t-il.

— Je suis la fortune de ton frère, » répondit-elle.

Alors il fut pris de colère et d'envie, et s'écria :

« Et ma fortune, à moi, où est-elle ? »

La fille lui répondit :

« Ah ! elle est bien loin de toi.

— Puis-je la trouver ? » demanda-t-il.

Elle lui répondit : « Tu le peux, seulement cherche-la. »

Quand il eut entendu ces mots et qu'il vit que les brebis de son frère étaient si belles qu'on n'en pouvait imaginer de plus belles, il ne voulut pas aller plus loin pour voir les autres troupeaux, mais il alla droit à son frère. Dès que celui-ci l'aperçut, il en eut pitié et lui dit en fondant en larmes :

« Où donc as-tu été depuis si longtemps ? »

Et le voyant en haillons et nu-pieds, il

lui donna une paire d'opanques et quelque
argent.

Après être resté trois jours chez son frère,
le pauvre partit pour retourner chez lui ;
mais une fois à la maison, il jeta un sac
sur ses épaules, y mit un morceau de pain,
prit un bâton à la main, et s'en alla ainsi
par le monde pour y chercher sa fortune.

Ayant marché quelque temps, il se
trouva dans une grande forêt, et rencontra
une abominable vieille qui dormait sous un
buisson. Il se mit à fouiller la terre avec
son bâton, et pour éveiller la vieille, il lui
donna un coup dans le dos. Cependant elle
ne se remua qu'avec peine, et n'ouvrant
qu'à demi ses yeux chassieux, elle lui
dit :

« Remercie Dieu que je me sois endor-
mie, car si j'avais été éveillée, tu n'aurais
pas eu ces opanques. »

Alors il lui dit : « Qui donc es-tu, toi

qui m'aurais empêché d'avoir ces opanques ? »

La vieille lui dit : « Je suis ta fortune. »

En entendant ces mots, il se frappa la
poitrine en s'écriant :

« Comment ! c'est toi qui es ma fortune ?
Puisse Dieu t'exterminer ! Qui donc t'a donnée à moi ? »

Et la vieille lui dit :

« C'est le Destin.

— Où est le Destin ? demanda-t-il.

« Va et cherche-le, » lui répondit-elle en
se rendormant.

Alors il partit et s'en alla chercher le
Destin. Et après un long, bien long voyage,
il arriva enfin dans un bois, et dans ce bois
il trouva un ermite à qui il demanda s'il ne
pourrait pas avoir des nouvelles du Destin,
et l'ermite lui dit :

« Va sur la montagne, tu arriveras droit

à son château; mais quand tu seras près du Destin, ne t'avise pas de lui parler; fais seulement tout ce que tu lui verras faire jusqu'à ce qu'il t'interroge. »

Le voyageur remercia l'ermite et prit le chemin de la montagne. Et quand il fut arrivé dans le château du Destin, c'est là qu'il vit de belles choses! C'était un luxe royal, il y avait une foule de valets et de servantes toujours en mouvement et qui ne

faisaient rien. Pour le Destin, il était assis à une table servie, et il soupait. Quand l'étranger vit cela, il se mit aussi à table et

mangea avec le maître du logis. Après le
souper, le Destin se coucha, l'autre en fit
autant. Vers minuit, voici que dans le château il se fait un bruit terrible, et au milieu du bruit on entendait une voix qui
criait :

« Destin, Destin, il y a aujourd'hui tant
et tant d'âmes qui sont venues au monde :
donne-leur quelque chose à ton bon plaisir! »

Et voilà le Destin qui se lève; il ouvre
un coffre doré et sème dans la chambre des
ducats tout brillants, en disant :

« Tel je suis aujourd'hui, tels vous serez
toute votre vie ! »

Au point du jour, le beau château s'évanouit, et à sa place il y eut une maison ordinaire, mais où rien ne manquait. Quand
vint le soir, le Destin se remit à souper,
son hôte en fit autant; personne ne dit mot.
Après souper tous deux allèrent se coucher.
Vers minuit, voici que dans le château re-

commence un bruit terrible, et au milieu
du bruit on entendait une voix qui criait :

« Destin, Destin, il y a aujourd'hui tant
et tant d'âmes qui ont vu la lumière,
donne-leur quelque chose à ton bon plaisir ! »

Et voilà le Destin qui se lève ; il ouvre un
coffre d'argent ; mais cette fois il n'y avait
pas de ducats, ce n'était que des monnaies
d'argent mêlées par-ci par-là de quelques
pièces d'or. Le Destin sema cet argent sur
la terre en disant :

« Tel je suis aujourd'hui, tels vous serez
toute votre vie ! »

Au point du jour cette maison aussi
avait disparu, et à sa place il y en avait une
autre plus petite. Ainsi se passa chaque
nuit ; chaque matin la maison diminuait,
jusqu'à ce qu'enfin il n'y eut plus qu'une
misérable cabane ; le Destin prit une bêche
et se mit à fouiller la terre ; son hôte en fit
autant, et ils bêchèrent tout le jour. Quand

vint le soir, le Destin prit un morceau de pain, en cassa la moitié et la donna à son compagnon. Ce fut tout leur souper : quand ils l'eurent mangé, ils se couchèrent.

Vers minuit, voici que recommence un bruit terrible, et au milieu du bruit on distinguait une voix qui disait : .

« Destin, Destin, tant et tant d'âmes sont venues au monde cette nuit : donne-leur quelque chose à ton bon plaisir ! »

Et voilà le Destin qui se lève; il ouvre un coffre et se met à semer des cailloux, et parmi ces cailloux quelques menues monnaies, et ce faisant il disait :

« Tel je suis aujourd'hui, tels vous serez toute votre vie. »

Quand le matin reparut, la cabane s'était changée en un grand palais comme au premier jour. Alors pour la première fois le Destin parla à son hôte et lui dit :

« Pourquoi es-tu venu ? »

Celui-ci lui conta en détail sa misère, et comment il était venu pour demander au Destin lui-même pourquoi il lui avait donné une si mauvaise fortune. Le Destin lui répondit :

« Tu as vu comment la première nuit j'ai semé des ducats, et ce qui a suivi. Tel je suis la nuit où naît un homme, tel cet homme sera toute sa vie. Tu es né dans une nuit de pauvreté, tu resteras pauvre toute ta vie. Ton frère, au contraire, est venu au monde dans une heureuse nuit, il restera heureux jusqu'à la fin. Mais puisque tu as pris tant de peine pour me chercher, je te dirai comment tu peux t'aider. Ton frère a une fille du nom de Miliza, qui est aussi fortunée que son père. Prends-la pour femme quand tu seras de retour au pays, et tout ce que tu acquerras, aie soin de dire que cela est à ta femme. »

L'hôte remercia le Destin bien des fois, et

partit. Quand il fut de retour au pays, il
alla droit chez son frère, et lui dit :

« Frère, donne-moi Miliza, tu vois que
sans elle je suis seul au monde! »

Et le frère répondit :

« Cela me plaît; Miliza est à toi. »

Le nouveau marié emmena dans sa maison la fille de son frère, et il devint très-
riche, mais il disait toujours :

« Tout ce que j'ai est à Miliza. »

Un jour il alla aux champs pour voir ses
blés, qui étaient si beaux qu'on ne pouvait
rien trouver de plus beau. Voilà qu'un

voyageur vint à passer sur le chemin, et lui
demanda :

« A qui ces blés ? »

Et lui, sans y penser, répondit :

« Ils sont à moi. »

Mais à peine avait-il parlé, que voilà les
blés qui s'enflamment et le champ tout en
feu. Vite il court après le voyageur, et lui
crie :

« Arrête, mon frère, ces blés ne m'appartiennent pas, ils sont à Miliza, la fille de
mon frère. »

Le feu cessa aussitôt, et dès lors notre
homme fut heureux, grâce à Miliza.

« Seigneur Dalmate, dis-je à mon conteur, votre histoire est jolie, quoiqu'elle
sente terriblement le turc. En mon pays,
nous avons d'autres idées : loin de nous en
remettre à la fortune, nous comptons sur
nous-mêmes, sur notre esprit plus encore
que sur notre bras, sur notre prudence plus

que sur notre hardiesse. Aussi, dans ma
patrie, paye-t-on cher un bon conseil.

— Ainsi fait-on chez moi, me répondit
le Dalmate en rajustant son bonnet de peau
qui lui tombait sur les yeux ; écoutez ce qui
est arrivé l'an dernier à un de mes voi-
sins. »

VIII

LE FERMIER PRUDENT.

Il y avait près de Raguse un fermier qui se mêlait aussi de commerce. Un jour, il partit pour la ville, emportant avec lui tout son argent, afin de faire quelques achats. En arrivant à un carrefour, il demanda à un vieillard qui se trouvait là quelle route il lui fallait prendre.

« Je te le dirai si tu me donnes cent écus,

répondit l'étranger ; je ne parle pas à moins ;
chacun de mes avis vaut cent écus. »

Diable ! pensa le fermier en regardant la
mine de l'étranger, qui avait l'air d'un renard, qu'est-ce que peut être un avis qui
vaut cent écus ? Ce doit être quelque chose
de bien rare, car, en général, on vous donne
pour rien des conseils ; il est vrai qu'ils ne
valent pas davantage. « Allons, dit-il à
l'homme, parle, voilà tes cent écus.

— Écoute donc, reprit l'étranger, cette
route qui va tout droit, c'est la route d'aujourd'hui ; celle qui fait un coude, c'est la
route de demain. J'ai encore un avis à te

donner, continua-t-il ; mais il faut aussi me le payer cent écus. »

Le fermier réfléchit longtemps, puis il se décida.

Puisque j'ai payé le premier conseil, je puis bien payer le second.

Et il donna encore cent écus.

« Écoute donc, lui dit l'étranger. Quand tu seras en voyage et que tu entreras dans une hôtellerie, si l'hôte est vieux et si le vin est jeune, va-t'en au plus vite, si tu ne veux pas qu'il t'arrive malheur. Donne-moi encore cent écus, ajouta-t-il, j'ai encore quelque chose à te dire. »

Le fermier se mit à réfléchir.

« Qu'est-ce donc que ce nouvel avis ? Bah ! puisque j'en ai acheté deux, je peux bien payer le troisième. »

Et il donna ses derniers cent écus.

« Écoute donc, lui dit l'étranger, si jamais tu te mets en colère, garde la moitié de ton courroux pour le lendemain ; n'use pas toute ta colère en un jour. »

Le fermier reprit le chemin de sa maison, où il arriva les mains vides.

« Qu'as - tu acheté ? lui demanda sa femme.

— Rien que trois avis, répondit-il, qui m'ont coûté chacun cent écus.

— Bien! dissipe ton argent, jette-le au vent, suivant ton habitude.

— Ma chère femme, reprit doucement le fermier, je ne regrette pas mon argent; tu vas voir quelles sont les paroles que j'ai payées. »

Et il lui conta ce qu'on lui avait dit; sur quoi la femme haussa les épaules et l'appela un fou qui ruinerait sa maison et mettrait ses enfants sur la paille.

Quelque temps après, un marchand s'arrêta devant la porte du fermier, avec deux voitures pleines de marchandises. Il avait perdu en route un associé, et offrit au fermier cinquante écus s'il voulait se charger d'une des voitures et venir avec lui à la ville.

« J'espère, dit à son mari la femme du fermier, que tu ne refuseras pas ; cette fois du moins tu gagneras quelque chose. »

On partit ; le marchand conduisait la première voiture, le fermier menait la seconde. Le temps était mauvais, les chemins rompus, on n'avançait qu'à grand'peine. On arriva enfin aux deux routes, le marchand demanda célle qu'il fallait prendre.

« C'est celle de demain, dit le fermier ; elle est plus longue, mais elle est plus sûre. »

Le marchand voulut prendre la route d'aujourd'hui.

« Quand vous me donneriez cent écus, dit le fermier, je n'irais pas par ce chemin. »

On se sépara donc. Le fermier, qui avait choisi la voie la plus longue, arriva néanmoins bien avant son compagnon, sans que sa voiture eût souffert. Le marchand n'arriva qu'à la nuit; sa voiture était tombée dans un marais; tout le chargement était endommagé, et le maître était blessé, par-dessus le marché.

Dans le première auberge où on descendit, il y avait un vieil hôtelier; une branche de sapin annonçait qu'on y vendait à bon marché du vin nouveau. Le marchand voulut s'arrêter là pour y passer la nuit.

« Je ne le ferais pas quand vous me donneriez cent écus! » s'écria le fermier.

Et il sortit au plus vite, laissant son compagnon.

Vers le soir, quelques jeunes désœuvrés qui avaient trop goûté au vin nouveau se querellèrent à propos d'une cause futile. On tira les couteaux; l'hôte, alourdi par les années, n'eut pas la force de séparer ni d'apaiser les combattants. Il y eut un homme tué, et comme on craignait la justice, on

cacha le cadavre dans la voiture du marchand.

Celui-ci, qui avait bien dormi et n'avait
rien entendu, se leva de grand matin pour
atteler ses chevaux. Effrayé de trouver un
mort sur son chariot, il voulut fuir au plus
vite pour ne pas être mêlé dans un procès
fâcheux; mais il avait compté sans la police
autrichienne; on courut après lui. En attendant que la justice éclaircît l'affaire, on jeta
mon homme en prison et on confisqua tout
son avoir.

Quand le fermier apprit ce qui était arrivé à son compagnon, il voulut au moins
mettre en sûreté sa voiture, et reprit le chemin de sa maison. Comme il approchait de
son jardin, il aperçut à la brune un jeune
soldat monté sur un de ses plus beaux pru-
niers, et qui faisait tranquillement la récolte
du bien d'autrui. Le fermier arma son fusil
pour tuer le voleur; mais il réfléchit.

« J'ai payé cent écus, pensa-t-il, pour apprendre qu'il ne faut pas dépenser toute sa colère en un jour. Attendons à demain, mon voleur reviendra. »

Il prit un détour pour entrer dans la maison par un autre côté, et comme il frappait à la porte, voilà le jeune soldat qui vient se précipiter dans ses bras en s'écriant :

« Mon père, j'ai profité de mon congé pour vous surprendre et vous embrasser. »

Le fermier dit alors à sa femme :

« Écoute maintenant ce qui m'est arrivé, tu verras si j'ai payé trop cher mes trois avis. »

Il lui conta toute l'histoire; et comme le pauvre marchand fut pendu, quoi qu'il pût faire, le fermier se trouva l'héritier de cet imprudent. Devenu riche, il répétait tous les jours qu'on ne paye jamais trop cher un bon conseil, et pour la première fois sa femme était de son avis.

IX

LES TROIS HISTOIRES DU DALMATE.

« Seigneur Dalmate, lui dis-je quand il eut fini son histoire, voilà sans doute un beau conte, mais ce n'est pas le Des-tin qui a fait la fortune de ce sage fer-mier, c'est le calcul, la raison. Votre second récit détruit le premier, et fort heu-reusement, car il serait triste que les pa-resseux fissent fortune, et que les gens

actifs qui sèment le grain ne récoltassent
que le vent.

— Les paresseux réussissent quelquefois,
me répondit-il gravement; j'en sais un exemple que je puis vous conter. .

— Vous avez donc des contes sur toutes
choses? m'écriai-je.

— Contes et chansons, c'est toute la vie,
me répondit-il froidement.

La paresseuse.

Il y avait une fois une mère qui avait une
fille très-paresseuse et qui n'avait de goût
pour aucune espèce de travail. Elle la con
duisit dans un bois, auprès d'un carrefour,
et se mit à la battre de toutes ses forces.
Près de là passait par hasard un seigneur,
qui demanda à la mère pourquoi ce rude
châtiment.

« Mon cher seigneur, répondit-elle, c'est
que ma fille est une travailleuse insuppor-

table : elle nous file jusqu'à la mousse qui
garnit les murs.

— Confiez-la-moi, dit le seigneur, je lui
donnerai de quoi filer toute son envie.

— Prenez-la, dit la mère, prenez-la, je
n'en veux plus. »

Et le seigneur l'emmène à sa maison, ravi
de cette belle acquisition.

Le soir même, il enferma la jeune fille
toute seule dans une chambre où était un
grand tonneau plein de chanvre. C'est là
qu'elle se trouva dans une grande peine.

Comment faire? Je ne veux pas filer, je ne sais pas filer!

Mais vers la nuit, voici trois vieilles sorcières qui frappent à la fenêtre, et la fille les fait entrer bien vite.

« Si tu veux nous inviter à tes noces, lui dirent-elles, nous t'aiderons à filer ce soir.

— Filez, mesdames, répondit-elle bien vite, je vous invite à mon mariage. »

Et voilà les trois sorcières qui filent et filent tout ce qu'il y avait dans le tonneau, pendant que la paresseuse dormait tout à loisir.

Le matin, quand le seigneur entra dans la chambre, il vit tout le mur garni de fil, et la jeune fille qui dormait. Il sortit sur la pointe du pied et défendit que personne n'entrât dans la chambre, afin que la fileuse pût se reposer d'un si grand travail. Cela n'empêcha pas que le jour même il ne fît apporter un second tonneau plein de chanvre;

mais les sorcières revinrent à l'heure dite,
et tout se passa comme le premier jour.

Le seigneur fut émerveillé, et comme il
n'y avait plus rien à filer dans la maison, il
dit à la jeune fille :

« Je veux t'épouser, car tu es la reine
des filandières. »

La veille du mariage, la prétendue fileuse
dit à son mari :

« Il faut que j'invite mes tantes. »

Et le seigneur répondit qu'elles seraient
les bienvenues.

Une fois entrées, les trois sorcières se mirent auprès du poêle; elles étaient horribles;
quand le seigneur les eut vues dans toute
leur laideur, il dit à sa fiancée :

« Tes tantes ne sont pas belles. »

Puis, s'approchant de la première sorcière, il lui demanda pourquoi elle avait un
si long nez.

« Mon cher neveu, répondit-elle, c'est à

force de filer. Quand on file toujours, et que toute la journée on branle la tête, le nez s'allonge insensiblement. »

Le seigneur passa à la seconde, et lui demanda pourquoi elle avait de si grosses lèvres.

« Mon cher neveu, répondit-elle, c'est à force de filer. Quand on file toujours, et que toute la journée on mouille son fil, les lèvres grossissent insensiblement. »

Alors il demanda à la troisième pourquoi elle était bossue.

« Mon cher neveu, lui dit-elle, c'est à

force de filer. Quand on est assise et courbée
toute la journée, le dos se plie insensiblement. »

Et alors le seigneur eut grand'peur que sa
femme ne devînt aussi horrible à force de
filer, il jeta au feu quenouille et fuseau. Si

la paresseuse en fut fâchée,
je le laisse à deviner à celles qui lui ressemblent,
j'en passe par leur juge-
ment.

— Je vois avec plai-
sir, dis-je à mon con-
teur, qu'en Dalmatie les
femmes réussissent sans peine et sans esprit.

— Pas du tout, s'écria mon insupportable
conteur, il n'y a pas de pays au monde où
les femmes soient tout à la fois plus fines et
plus sages. Ne savez-vous donc pas comment

la fille d'un mendiant épousa l'empereur d'Allemagne; et tout empereur qu'il fût, se montra plus habile et meilleure que lui?

— Encore un conte! m'écriai-je.

— Non, pas un conte, reprit-il, mais une histoire; vous la trouverez dans tous les livres qui disent la vérité.

De la demoiselle qui était plus avisée que l'empereur.

Il y avait une fois un pauvre homme qui vivait dans une cabane : il n'avait avec lui

qu'une fille, mais elle était très avisée; elle allait partout chercher des aumônes, et ap-

prenait aussi à son père à parler avec sagesse
et à obtenir ce qu'il lui fallait. Un jour il ad-
vint que le pauvre homme alla vers l'empereur, et le pria de lui donner quelque chose.
L'empereur, surpris de la façon dont parlait
ce mendiant, lui demanda qui il était et qui
lui avait appris à s'exprimer de la sorte.

« C'est ma fille, répondit-il.

— Et ta fille, qui donc l'a instruite ? » demanda l'empereur; à quoi le pauvre homme
répondit :

« C'est Dieu qui l'a instruite, ainsi que
notre extrême misère. »

Alors l'empereur lui donna trente œufs et
lui dit :

« Porte ces œufs à ta fille, et dis-lui qu'elle
m'en fasse éclore des poulets; si elle ne les
fait pas éclore, mal lui en adviendra. »

Le pauvre homme rentra tout pleurant
dans sa cabane et conta la chose à sa fille.
La fille reconnut de suite que les œufs étaient

cuits; mais elle dit à son père d'aller se reposer et qu'elle aurait soin de tout. Le père suivit le conseil de sa fille et se mit à dormir; pour elle, prenant une marmite, elle l'emplit d'eau et de fèves et la mit sur le feu; le lendemain, quand les fèves furent bouillies, elle appela son père, lui dit de prendre une charrue et des bœufs et d'aller labourer le long de la route où devait passer l'empereur.

« Et, ajouta-t-elle, quand tu verras l'empereur, prends des fèves, sème-les et dis bien haut : « Allons, mes bœufs, que Dieu me protége et fasse pousser mes fèves bouillies ! » Et si l'empereur te demande comment il est possible de faire pousser des fèves bouillies, réponds-lui : « Cela est aussi aisé que de faire sortir un poulet d'un œuf dur. »

Le pauvre homme fit ce que voulait sa fille; il sortit, il laboura, et quand il vit l'empereur, il se mit à crier :

« Allons, mes bœufs, que Dieu me protége et fasse pousser mes fèves bouillies ! »

Dès que l'empereur entendit ces mots, il
s'arrêta sur la route et dit aussitôt :

« Pauvre fou, comment est-il possible de
faire pousser des fèves bouillies ? »

Et le pauvre homme répondit :

« Gracieux empereur, cela est aussi aisé
que de faire sortir un poulet d'un œuf dur. »

L'empereur devina que c'était la fille qui
avait poussé le père à agir de la sorte ; il
dit à ses valets de prendre le pauvre homme
et de l'amener devant lui ; puis il lui remit
un petit paquet de chanvre et dit :

17

« Prends cela, tu m'en feras des voiles, des cordages, et tout ce dont on a besoin pour un vaisseau, sinon je te ferai trancher la tête. »

Le pauvre homme prit le paquet dans un grand trouble, et retourna tout en larmes vers sa fille, à laquelle il conta ce qui s'était passé; sa fille lui dit d'aller dormir, en lui promettant qu'elle arrangerait tout. Le lendemain elle prit un petit morceau de bois, éveilla son père et lui dit :

« Prends cette allumette et porte-la à l'empereur; qu'il m'y taille un fuseau, une navette et un métier, après cela je lui ferai ce qu'il a demandé. »

Le pauvre homme suivit encore une fois le conseil de sa fille; il alla trouver l'empereur, et lui récita tout ce qu'on lui avait appris.

Quand l'empereur entendit cela, il fut étonné, et chercha ce qu'il pourrait encore

faire ; puis, prenant un verre à boire, il le
donna au pauvre en disant :

« Prends ce verre, porte-le à ta fille, afin
qu'elle m'épuise la mer et qu'elle en fasse
un champ à labourer. »

Le pauvre homme obéit en pleurant, et
porta le verre à sa fille en lui redisant mot
pour mot les paroles de l'empereur. Et sa
fille lui dit qu'il attendît au lendemain, et
qu'elle arrangerait toute chose. Le lendemain matin elle appela son père, lui donna
une livre d'étoupes, et lui dit :

« Porte ceci à l'empereur pour qu'il étoupe
toutes les sources et toutes les embouchures
de tous les fleuves de la terre, après cela je
lui dessécherai la mer. »

Et le pauvre homme alla tout redire à
l'empereur.

Alors celui-ci vit bien que la demoiselle
en savait plus que lui ; il ordonna qu'on la
fît venir, et quand le père eut amené sa fille,

et que tous deux eurent salué l'empereur, ce dernier dit :

« Ma fille, devinez ce qu'on entend de plus loin ? »

Et la demoiselle répondit :

« Gracieux empereur, ce qu'on entend de plus loin, c'est le tonnerre et le mensonge. »

Alors l'empereur prit sa barbe dans sa main, et, se tournant vers ses conseillers :

« Devinez, leur dit-il, combien vaut ma barbe ? »

Et quand ils l'eurent tous estimée, l'un plus et l'autre moins, la demoiselle leur soutint en face qu'aucun d'eux n'avait deviné, et elle dit :

« La barbe de l'empereur vaut autant que trois pluies dans la sécheresse de l'été. »

L'empereur fut ravi, et dit :

« C'est elle qui a le mieux deviné. »

Et il lui demanda si elle voulait être sa femme, ajoutant qu'il ne la laisserait pas

qu'elle n'eût consenti. La demoiselle s'in-
clina et dit :

« Gracieux empereur, que ta volonté soit

faite! Je te demande seulement d'écrire sur
une feuille de papier, et de ta propre main,
que si un jour tu deviens méchant pour moi,
et que tu veuilles m'éloigner de toi et me
renvoyer de ce château, j'aurai le droit
d'emporter avec moi ce que j'aimerai le
mieux. »

L'empereur y consentit, et lui en donna
un écrit cacheté de cire rouge et timbré du
grand sceau de l'empire.

Après quelque temps, il arriva en effet

que l'empereur devint si méchant pour sa
femme, qu'il lui dit :

« Je ne veux plus que tu sois ma femme;
quitte mon château, et va où tu voudras. »

Et l'impératrice répondit :

« Illustre empereur, je t'obéirai; permets-
moi seulement de passer encore une nuit
ici; demain je partirai, »

L'empereur lui accorda cette demande, et
alors l'impératrice, avant le souper, mit dans
le vin de l'eau-de-vie et des herbes odoran-
tes; puis elle engagea l'empereur à boire en
lui disant :

« Bois, empereur, et sois joyeux; demain
nous nous quitterons, et, crois-moi, je serai plus gaie que le jour où je me suis mariée. »

L'empereur n'eut pas plutôt bu ce breuvage qu'il s'endormit; alors, l'impératrice
le fit mettre dans une voiture qu'on tenait
toute prête, et elle l'emmena dans une grotte

taillée dans le rocher. Quand l'empereur se
réveilla dans cette grotte et vit où il se trouvait, il s'écria :

« Qui m'a conduit ici ? »

A quoi l'impératrice répondit :

« C'est moi qui t'ai conduit ici. »

Et l'empereur lui dit :

« Pourquoi as-tu fait cela ? Ne t'ai-je pas
dit que tu n'étais plus ma femme ? »

Mais alors elle lui tendit le papier en disant :

« Il est vrai que tu m'as dit cela, mais

vois ce que tu m'as ac-
cordé par ce papier ; en
te quittant, j'ai le droit
d'emporter avec moi ce
que j'aime le mieux dans
ton château. »

Quand l'empereur en-
tendit cela, il l'embrassa, et retourna dans
son château avec elle pour ne plus la quitter.

— A merveille, monsieur le conteur, lui
dis-je alors ; il faut retirer ce que j'avais dit
sur les dames de Dalmatie ; en revanche, je
vois qu'aux bords de l'Adriatique comme au
Sénégal et peut-être ailleurs, ce sont les
femmes qui sont maîtresses au logis. Ce
n'est pas un mal. Heureuses celles qui exer-
cent ce doux empire ! plus heureux ceux qui
se laissent gouverner.

— Pas du tout, reprit mon Dalmate toujours prêt à me donner un démenti ; chez
nous, ce sont les hommes qui sont maîtres
à la maison ; nous dînons seuls à table, et
notre femme, debout, derrière nous, est là
pour nous servir.

— Ceci ne prouve rien, répondis-je ; il y
a plus d'un homme qui, marié ou non,
obéit à qui le sert ; l'esclave n'est pas toujours celui qui porte la chaîne.

— S'il vous faut une preuve, s'écria mon
incorrigible Dalmate, écoutez ce que mon

père m'a conté. J'ai toujours soupçonné que
l'excellent homme était le héros de cette
histoire.

— Encore un conte! repris-je avec impatience.

— Seigneur, me dit-il, c'est le dernier et
le meilleur; nous voici en vue des bouches
du Danube, demain nous nous quitterons
pour ne plus nous revoir ici-bas. Écoutez
donc avec patience une dernière leçon.

Le langage des animaux.

Il y avait une fois un berger qui depuis
longues années servait son maître avec autant de zèle que de fidélité. Un jour qu'il
gardait ses moutons, il entendit un siffle-
ment qui venait du bois; ne sachant pas ce
que c'était, il entra dans la forêt, suivant le
bruit pour en connaître la cause. En appro-

chant, il vit que l'herbe sèche et les feuilles
tombées avaient pris feu, et au milieu d'un
cercle de flammes il aperçut un serpent qui
sifflait. Le berger s'arrêta pour voir ce que
ferait le serpent, car autour de l'animal tout
était en flammes, et le feu approchait de
plus en plus.

Dès que le serpent aperçut le berger, il
lui cria :

« Au nom de Dieu, berger, sauve-moi de
ce feu! »

Le berger lui tendit son bâton par-dessus
la flamme; le serpent s'enroula autour du

bâton, et monta jusqu'à la main du berger; de la main il glissa jusqu'au cou et

l'entoura comme un collier. Quand le berger vit cela, il eut peur et dit au serpent :

« Malheur à moi ! T'ai-je donc sauvé pour
ma perte ? »

L'animal lui répondit :

« Ne crains rien, mais reporte-moi chez
mon père, qui est le roi des serpents. »

Le berger commença de s'excuser sur ce
qu'il ne pouvait laisser ses moutons sans
gardien ; mais le serpent lui dit :

« Ne t'inquiète en rien de ton troupeau ;
il ne lui arrivera point de mal ; va seulement aussi vite que tu pourras. »

Le berger se mit à courir dans le bois
le serpent au cou, jusqu'à ce qu'enfin il arriva à une porte qui était faite de couleuvres
entrelacées. Le serpent siffla, aussitôt les
couleuvres se séparèrent, puis il dit au berger :

« Quand nous serons au château, mon
père t'offrira tout ce que tu peux désirer :

argent, or, bijoux, et tout ce qu'il y a de
précieux sur la terre; n'accepte rien de tout

cela; demande-lui de comprendre le langage
des animaux. Il te refusera longtemps cette
faveur, mais à la fin il te l'accordera. »

Tout en parlant, ils arrivèrent au château
et le père du serpent lui dit en pleurant :

« Au nom de Dieu, mon enfant, où étais-
tu ? »

Le serpent lui raconta comment il avait
été entouré par le feu, et comment le berger
l'avait sauvé. Le roi des serpents se tourna
alors vers le berger et lui dit :

« Que veux-tu que je te donne pour avoir sauvé mon enfant?

— Apprends-moi la langue des animaux, répondit le berger, je veux causer, comme toi, avec toute la terre. »

Le roi lui dit :

« Cela ne vaut rien pour toi, car si je te donnais d'entendre ce langage, et que tu en disses rien à personne, tu mourrais aussitôt; demande-moi quelque autre chose qui te serve davantage, je te la donnerai. »

Mais le berger lui répondit :

« Si tu veux me payer, apprends-moi le langage des animaux, sinon adieu et que le ciel te protége, je ne veux pas autre chose. »

Et il fit mine de sortir. Alors le roi le rappela en disant :

« Arrête, et viens ici, puisque tu le veux absolument. Ouvre la bouche. »

Le berger ouvrit la bouche, le roi des serpents y souffla, et lui dit :

« Maintenant souffle à ton tour dans la mienne. »

Et quand le berger eut fait ce qu'on lui ordonnait, le roi des serpents lui souffla une seconde fois dans la bouche. Et quand ils eurent ainsi soufflé chacun par trois fois, le roi lui dit :

« Maintenant tu entends la langue des animaux; que Dieu t'accompagne, mais si tu tiens à la vie, garde-toi de jamais trahir ce secret, car si tu en dis un mot à personne, tu mourras à l'instant. »

Le berger s'en retourna; comme il passait dans le bois, il entendit ce que disaient les oiseaux, et le gazon, et tout ce qui est sur la terre. En arrivant à son troupeau, il le trouva complet et en ordre, alors il se coucha par terre pour dormir. A peine était-il étendu, que voici deux corbeaux qui viennent se poser sur un arbre, et qui se mettent à dire dans leur langage :

« Si ce berger savait qu'à l'endroit où est cet agneau noir il y a sous la terre un caveau tout plein d'or et d'argent! »

Aussitôt que le berger entendit cela, il alla trouver son maître, le maître prit une voiture avec lui, et en creusant ils trouvèrent la porte du caveau, et ils emportèrent le trésor.

Le maître était un honnête homme, il laissa tout au berger en lui disant :

« Mon fils, ce trésor est à toi, car c'est Dieu qui te l'a donné. »

Le berger prit le trésor, bâtit une maison, et s'étant marié, il vécut joyeux et content; il fut bientôt le plus riche non-seulement de son village, mais des environs; à dix lieues à la ronde, on n'en eût pas trouvé un second à lui comparer. Il avait des troupeaux de moutons, de bœufs, de chevaux, et chaque troupeau avait son pasteur; il avait en outre beaucoup de terres et de grandes richesses.

Un jour, justement la veille de Noël, il dit à sa femme :

« Prépare le vin et l'eau-de-vie et tout ce qu'il faut; demain nous irons à la ferme, et nous porterons tout cela aux bergers pour qu'ils se divertissent. »

La femme suivit cet ordre et prépara tout ce qu'on lui avait commandé. Le lendemain, quand ils furent à la ferme, le maître dit le soir aux bergers :

« Amis, rassemblez-vous, mangez, buvez, amusez-vous : je veillerai cette nuit pour garder les troupeaux à votre place. »

Il fit comme il avait dit, et garda les troupeaux. Quand vint minuit, les loups se mirent à hurler et les chiens à aboyer; les loups disaient dans leur langue :

« Laissez-nous venir et faire du dommage; il y aura de la viande pour vous. »

Et les chiens répondaient dans leur langue :

« Venez, nous voulons nous rassasier une bonne fois. »

Mais parmi ces chiens il y avait un vieux dogue qui n'avait plus que deux crocs dans la gueule, celui-là disait aux loups :

« Tant qu'il me restera mes deux crocs dans la gueule; vous ne ferez pas de tort à mon maître. »

Le père de famille avait entendu et compris tous ces discours; quand vint le matin, il ordonna de tuer tous les chiens et de ne laisser en vie que le vieux dogue. Les valets étonnés disaient :

« Maître, c'est grand dommage. »

Mais le père de famille répondait :

« Faites ce que je dis. »

Il se disposa à retourner chez lui avec sa femme, et tous deux se mirent en route; le mari monté sur un beau cheval gris, la femme assise sur une haquenée qu'elle couvrait tout entière des longs plis de sa robe.

Pendant qu'ils marchaient, il arriva que le mari prit de l'avance, et que la femme resta en arrière. Le cheval se retourna et dit à la jument :

« En avant ! plus vite ! pourquoi ralentir ? »

La haquenée lui répondit :

« Oui, cela t'est facile, toi qui ne portes que le maître ; mais moi, avec ma maîtresse, je porte des colliers, des bracelets, des jupes et des jupons, des clefs et des sacs à n'en plus finir. Il faudrait quatre bœufs pour traîner tout cet attirail de femme. »

Le mari se retourna en riant, la femme en ayant fait la remarque, poussa la jument, et après avoir rejoint son époux, lui demanda pourquoi il avait ri.

« Mais pour rien ; une folie qui m'a passé par l'esprit. »

La femme ne trouva pas la réponse bonne, elle pressa son mari de lui dire

pourquoi il avait ri. Mais il résista, et lui
dit :

« Laisse-moi en paix, femme; qu'est-ce
que cela te fait? Bon Dieu ! je ne sais pas
moi-même pourquoi j'ai ri. »

Plus il se défendait, plus elle insistait pour
connaître la cause de sa gaieté. A la fin, il
lui dit :

« Sache donc que si je révélais ce qui m'a
fait rire, je mourrais à l'instant même. »

Mais cela n'arrêta pas la dame; plus que
jamais elle tourmenta son mari pour qu'il
parlât.

Ils arrivèrent à la maison. En descendant
de cheval, le mari commanda qu'on lui fît
une bière; quand elle fut prête, il se mit devant la maison et dit à sa femme :

« Vois, je vais me mettre dans cette bière,
je te dirai alors ce qui m'a fait rire; mais
aussitôt que j'aurai parlé, je serai un homme
mort. »

Et alors il se mit dans la bière, et comme il regardait une dernière fois autour de lui, voici le vieux chien de la ferme qui s'approche de son maître et qui pleure. Quand le pauvre homme vit cela, il appela sa femme et lui dit :

« Apporte un morceau de pain et donne-le au chien. »

La femme jeta un morceau de pain au chien, qui ne le regarda même pas. Et voici le coq de la maison qui accourt et qui pique le pain, et alors le chien lui dit :

« Misérable gourmand, peux-tu manger quand tu vois que le maître va mourir ! »

Et le coq lui répondit :

« Qu'il meure, puisqu'il est assez sot pour cela. J'ai cent femmes ; je les appelle toutes quand je trouve le moindre grain, et aussitôt qu'elles arrivent, c'est moi qui le mange ; s'il y en avait une qui s'avisât de le trouver mauvais, je la corrigerais avec mon bec; et lui, qui n'a qu'une femme, n'a pas l'esprit de la mettre à la raison ! »

Aussitôt que le mari entend cela, il saute bien vite à bas de la bière, il prend un bâton et appelle sa femme dans la chambre :

« Viens, je te dirai ce que tu as si grande envie de savoir. »

Et alors il la raisonne à coups de bâton en disant :

« Voilà, ma femme, voilà ! »

C'est de cette façon qu'il lui répondit, et jamais depuis la Dame n'a demandé à son époux pourquoi il avait ri. »

X

CONCLUSION.

Telle fut la dernière histoire du Dalmate ; ce fut aussi la dernière de celles que, ce jour-là, me conta le capitaine. Le lendemain, il y en eut d'autres, et d'autres encore le surlendemain. Le marin avait raison, sa bibliothèque était inépuisable, sa mé-

moire ne se troublait jamais, sa parole ne
s'arrêtait pas ; mais à toujours conter on
ennuie le lecteur, d'ailleurs il faut garder
quelque chose pour l'année prochaine. Peut-
être, alors, retrouverons-nous le capitaine,
et demanderons-nous des leçons à sa douce
sagesse.

En attendant, chers lecteurs, je me sépare
de vous avec les adieux que m'adressait
chaque jour l'excellent marin : « Mon ami,
sois sage, obéis à ta mère, fais bien tes devoirs, afin que demain on te permette d'entendre mes contes ; le plaisir n'est bon qu'a-
près la peine : celui-là seul s'amuse qui a
bien travaillé. Et maintenant, ajoutait-il en
me prenant la main, je te recommande à
Dieu. »

Adieu donc, amis lecteurs, comme disent
nos vieux livres, adieu, amies lectrices ;
puisse la sagesse du capitaine Jean vous
profiter assez pour rendre chacun de vous

aussi bon et aussi laborieux que son père ; aussi doux et aussi aimable que sa
mère, c'est le dernier vœu de votre vieil
ami.

TABLE.

MA COUSINE MARIE........................ 1

PERLINO.. 47
   I.   La signora Palomba........................ 49
   II.   Violette.................................. 57
   III. Naissance et fiançailles de Perlino..... 69
   IV. L'enlèvement de Perlino.............. 79
   V.   La nuit et le jour...................... 89
   VI. Les trois rencontres................. 95
   VII. Le château des écus-sonnants......... 101
   VIII. Nabuchodonosor...................... 107
   IX   Tricchè varlacchè.................... 121
   X.   Patati, patata....................... 129
   XI. La reconnaissance.................... 139
   XII. La morale. 149

BLANDINE L'ESCLAVE............................. 153

LA SAGESSE DES NATIONS OU LES VOYAGES DU CA-
PITAINE JEAN.....................................

I. Le capitaine Jean...................

II. Premier voyage du capitaine Jean.......

III. Histoire de Coquerico.................

IV La bohémienne.....................

V. Contes noirs.......................

VI. Le second voyage du capitaine Jean....

VII. Le destin.........................

VIII. Le fermier prudent.................

IX. Les trois histoires du Dalmate........ 270

X. Conclusion........................ 311

FIN DE LA TABLE.

10182. — Impr. génér. de Ch. Lahure, rue de Fleurus, 9, à Paris.

BIBLIOTHÈQUE ILLUSTRÉE DES FAMILLES

QUINZE VOLUMES — FORMAT ANGLAIS

Chaque volume broché.........   2 fr.
—   —   relié, tranche dorée.   3 fr.

ÉDOUARD LABOULAYE, de l'Institut. **Contes et nouvelles.** 1 vol. orné de 60 vignettes par BOILVIN.

MAURICE BARR. Mémoires d'une poule noire. 1 vol. orné de nombreuses vignettes, par M. MÉS.

Csse de BASSANVILLE. Les Primeurs de la vie. 1 vol. orné de 20 dessins, par M. BUTIN.

Mme DELAFAYE-BREHIER. Alice. 1 vol. illustré de nombreuses vignettes.

CHARLES FARINE. Jocrisse ou les mésaventures d'un sot. 1 vol. illustré.

—— **Jocrisse soldat.** Épisodes de la conquête d'Alger. 1 vol. illustré.

EUGÈNE NYON. Les pérégrinations, escapades et aventures de Claude La Ramée et de son cousin Labiche. 1 vol. illustré de 50 vignettes, par TELORY.

—— **Histoire de la grandeur et de la décadence d'une capote rose.** 1 vol. illustré de 20 dessins, par TELORY.

—— **Moumoute et Carnage.** 1 vol. illustré de 20 dessins, par TELORY.

—— **Splendeur et misères d'un dictionnaire grec.** Souvenirs de pension. 1 vol. illustré de 20 dessins, par TELORY.

—— **Les Indiscrétions d'une jeune mouche.** 1 vol. illustré de 20 dessins, par TELORY.

—— **Les Aventures de Joachim et de son ami Diégo.** 1 vol. illustré de 20 dessins, par TELORY.

—— **Paul et Jean.** 1 vol. illustré de nombreuses vignettes.

MARMONTEL. Les Incas, ou la Destruction de l'empire du Pérou. Nouvelle édition, revue et modifiée par M. l'abbé LEJEUNE, et précédée du Discours de réception de Marmontel à l'Académie française. 1 joli vol. illustré.

E.-J. RÉAUME. Récits et épisodes de l'histoire de France, accompagnés des principales armoiries depuis les croisades. 1 vol. illustré de 60 vignettes et armoiries.

Imprimerie générale de Ch. Lahure, rue de Fleurus, 9, à Paris.

www.ingramcontent.com/pod-product-compliance
Lightning Source LLC
Chambersburg PA
CBHW070214030726
47505CB00006B/1678